第二随筆集

しずり雪

しらの あらた

目次

第一章　吾も独楽

第二章　しずり雪

第三章　ニューギニアの砂

第四章　かろき着地かな

第五章　タップとアイボ

第六章　遠い煌めき

第七章　涸渇を避ける

第八章　夜空憧憬

写真と詩「春光」

しらの　あらた

第一章　吾も独楽

吾《われ》も独楽《こま》

かすかに揺れながら遠のいて行く思い出の数々から、一つを手繰り寄せてみよう。

晩秋の夕暮れに夢中で遊ぶ子がいる。小学校三年生——いわゆる少年前期の私だ。小高い丘も草原《くさはら》も、林の中も川べりも、街の通りも裏道も、みんな子どもたちの自由な遊び場だった頃の話である。

不思議なことだが、殊に秋の遊びは、夕暮れが迫るにつれて、いよいよ面白さを増す。石蹴りでもいい。かくれんぼでも片足跳びでもいい。明日という日が無いみたいに遊び続ける。

西日が山の端に近くなる。そこここに淡い闇が這い寄る。遊びの熱中度が更に高まる。その流れを断ち切ることは大変だった。

遊びを止める頃合いはなかなか訪れない。その制止の一番の力は家々からの夕餉《ゆうげ》の知らせであった。どの子もそうだった。

その頃、私の家には呼び声にこんな特徴があった。

「ご飯だよー」

母に呼ばれてすぐ家に入った二つ年上の兄の声だ。母親代理のこの知らせに、私は返事だけをして最後の一人と一緒に遊びを続ける。

「ご、は、んー」

また兄の声だ。今度は両手でメガホンを作り、一音ごとに腰を折りながら大声を張り上げる。

三度目の呼び声は……無い。遊び続ける私のところに、直接兄はやってきて、弟の手を取って家に連れ帰る。私には兄と一緒のその短い時間がとても嬉しかった。

あの時代には、少年前期の子の心を育てる神様が、どうも、いらっしゃったようだ。

そう、いらっしゃった。この神様は育ち盛りの子どもに、「夕べのひとと、き、」を用意なさった。

光と影と音が際立つ白昼は、あれこれと気が散る。神様は淡い静かな夕闇で風景を薄め、子どもたちの活発な動きを西日の影絵に仕立て、美しく強調し、元気な声が響きやすい夕暮れ時をお考えになった。

遊びの熱中の末に、必ず生まれる純粋な喜び——この体感を神様はとても大切になさった。

だが少年時代の特権を笑顔でご覧になる神様であっても、続く悪さに対する寛容には限度がおありなのだ。いつまでも母や兄の言うことを聞かない子に、神様は、はっきりと罰を考えられた。

罰と言っても神様のことだから、その場だけの痛みや、短い苦しみを与えることは一切なさらない。その子が青年になり、成人してから活きてくる戒めや、これからの長い長い一生に役立つ教訓を、こっそり、しかもしっかりと忍ばせておかれるのだ。

私の育成を担当なさった神様は、いろいろとお考えになったあげく、「独楽」という玩具で、次の成長への確かな節目をお作りになった。

ある日の夕餉時、いつものように一度、二度と兄の呼び声が聞こえた。三度目に来るはずの兄は、待っていても見えなかった。迎えは母だった。私に近寄ると、静かに、

「人攫《さら》いが来るよ」

と、言い残して家に戻って行った。

私の母の一言に、仲良く遊んでいた友達が、突然走り去った。にわかに濃い闇が足元にまとわりついた。美しかった夕焼け雲が、恐ろしい形相の赤鬼の群団に変わった。たった一人になった淋しさが冷たく体を包んだ。

家に駆け込んで戸を閉めた途端、あることに気がついた。兄の独楽である。

買ったばかりの独楽を自慢する友達に、私は、「家にだってある」と、言って、下駄箱から兄の独楽をこっそり持ち出して見せた。だが遊びの楽しさから、その独楽を置き忘れて帰ったのだ。

独楽を取りに行く小径はもう濃い夕闇に包まれているだろう。独楽と紐の置き場

所は昼でも薄暗い物陰だ。いま行ったら、どこからか、「後ろの正面だあれ?」と、声が聞こえてくるだろう。「親の言うことを聞かない子の後ろには、いつも一つ目小僧が付いている」と、母はよく話していた。人攫いの黒い影も浮かぶ。

もう独楽を取りに行く勇気は無い。兄に事の次第を打ち明ける勇気も無い。考えれば考えるほど胸がはじけそうになった。

兄と目が合うのを避けながら、七つ年上の姉の優しい呼びかけで食卓についた。うつむいていても、父母や姉や、そして兄の視線が、私に集まっているのが分かる。円い食卓ではどんな隠し事も絶対にできない。

隣に座った姉の問いかけに、私は大声で泣きながら全てを打ち明けた。

兄は、

「取りに行こう」

と、誘った。姉も明るく勧めてくれた。

外は暮れきっていた。傾きかけた空き家の裏口に独楽はあった。紐は梯子に掛かっていた。兄は私を少しも叱らなかった。行きも帰りも、いつものように手を繋いでくれた。

雪道の冬が過ぎ、どろんこ道の春から、遊びの夏になった。

ある日、兄は私に独楽回しを教えてくれた。紐の巻き付け方だけに数日もかかった。ひと夏を終えると、「いつでも使っていい」と、言った。その秋の夕暮れには、私は友達と回しごっこができるほどになった。

その頃、兄の白い紐の先から鋭く宙に飛んだ独楽は、地表での高速回転の直後に、静止同様の姿に変わり、しばらく美しさと強さを見せた。

それから八年後、兄は独楽を私に手渡して、太平洋戦争の戦場へと向かい、南太平洋の島の激戦で命を落とした。


いま私は不安定な独楽のように、心《しん》を揺らしながらこの人生を歩んでいる。

藤沢市にお住まいの知人、卯木堯子《うのきたかこ》さんの句集、『俳句えほん　ロザリヨの刻』から一句。

他愛なきことに躓《つまず》く吾も独楽　　　　堯子

言葉と私

人の一生で言葉の習得が一番多いと言われるのは四歳から五歳にかけて、つまり幼児後期である。

確かに朝から晩まで、ひっきりなしに家族みんなと言葉を交わす。テレビの前に立っては幼児番組の画面を見つめながら、演技者の仕草や言語表現を真似る。使い慣れた玩具を手にしては、大きな声で独り言を繰り返す。間違いを少しも気にしないで、急速に語彙《い》を増やしていく。

思えば、その大切な期間が私には無かった。誇張のように聞こえるが、言葉から隔絶された二年間があった。

それは私の想い出の中で、最も遠い昭和三年（一九二八）から四年にかけての日々に遡る。年齢で言えば四歳と五歳である。

その環境のイメージははっきりしている。

四歳になったばかりの私がいたのは、周囲を高い山々に囲まれた里であった。見上げれば円い形の空があった。木造平屋建ての私の家は柾屋根で、中にはランプが吊り下がっていた。

日の沈む方の切り立った山の麓には、白い岩肌に背を付けるようにして、小さな砕石工場と従業員の宿舎があった。父は岩壁に向かって鶴嘴《つるはし》を打ち込んでいた。母はこの石山で働く人たちの三度の食事を賄っていた。

姉と兄は朝早く谷間の道を歩いて遠い町の小学校へ出かけた。私の家の隣に、同じ造りの家が一軒あった。そこには私と同じ年の女の子がいた。毎朝、弁当らしい小さな風呂敷包みを背負って、両親に手を引かれながら、裏山の坂道を上って行った。

結局、昼の間は、この山里の子どもと言えば、母が仕立てた筒袖の着物姿の私一人きりであった。

空高く舞う鳥の眼に、来る日も来る日も独り無言で野に遊ぶ幼児の姿はどのように映っていたのだろうか。


なぜ私は、そこ――北海道東部の山奥にいたのか。事情が分かったのは、後年、七つ年上の姉の話からである。

大正末期に、父は岩手県山田町で米と雑穀の買い付けや販売を営んでいた。その我が家を倒産に追い詰めたのは、打ち続く東北地方の冷害であった。

父は借財の一部を負担した伯父から、「一家を養うために一日も早くブラジル移民となるか、北海道で開拓民となるか」と強く迫られたそうである。

父は悩んだ末に北海道への移住を決意した。だが日本を呑み込んでいた経済不況から、望むような職は無かった。やがて辿り着いたのは、石材を切り出す山の中であった。

二年を過ごした後に、一家は新しい職を求めて、根室町（現在の根室市）に引っ越した。一人っきりの自然環境から、突然、千八百人の児童が在籍する小学校に入った。

友人皆無の山里から来た私は、子どもたちで溢れる学校の騒がしさが恐ろしかった。全校の遊び時間には体育館の板壁に凭れて、絶え間なく走り回る子どもたちの渦を見ていた。

押しつぶされそうな心の逃げ場は、綴り方の時間であった。現在の作文の時間である。先生が配った校名入りの原稿用紙に、短い言葉をいくつか書きつけ、工夫をしてつなぎ合わせた。雫が集まって細い流れが生まれる楽しさを感じた。そのひときは、あの山奥での、孤独な遊びの喜びにも似ていた。

四年生から受け持ちとなった優しい男の先生は、よく私を呼んで、心の雫から生まれた二行か三行かの作品を褒めてくださった。

小学校卒業後、昭和十三年（一九三八）に五年制の根室商業学校へ進学した。

昭和初期から着々と進められた戦時体制は日本列島を完全に軍事色に染め上げた。全国の中学校には陸軍の将校が配属される制度になっていた。北海道最東端の私たちの学校も決して例外ではなかった。

校長や教頭は当然のこと、全職員が絶えず軍部の監視下での教育である。すべての指導は上意下達、絶対服従の軍律に近いものであった。生徒から先生への提言や反論は到底考えられなかった。私たちは喉元まで出かかった言葉をいつも呑み込んだ。軍服を模して作られた制服の五百名は、学校からの指示を無言で実行する集団となっていった。

授業時間は先生の講義を一時間丸々黙って聞きながら、ノートに書き付けていればよかった。小学校生活を無口で過ごしてきた私は、少しも苦痛ではなかった。

教練と称する科目があった。生徒たちは、学校の暗い銃器庫にある銃をそれぞれ手にし、配属将校の甲高い命令の下で、戦闘への基礎訓練を繰り返した。つまり学校は、即座に最前線に役立つ青少年育成の場となってしまった。

昭和十九年（一九四四）十一月、二十歳の私が手にしたのは、軍隊という戦闘集団への召集令状であった。配置された戦場では、単純明快な軍隊用語が、強制的に次々と耳から注入された。その言葉はどれも味気なく、知的喜びも感じないまま、兵士となった私の大脳に蓄積されていった。それらは平和な社会では全く通用しない独特な灰色の語彙群であった。


こうして幼児期に続いて少年期から青年期まで、歴史が作り出した厳しい環境に、私の言葉の正しい習得や使用が阻まれてきた。

やがて戦禍は遠くへ消え去り、平和を指向する世となった。私も家庭を持ち、子を育てながら、誰とでも気兼ねなく会話を楽しみながら生きてきた。命存《ながら》えて米寿を迎え、送り、もうすぐ人生九十年目を迎えようとしていた。

ある朝、妻は突然この世から旅立った。私に短い言葉一つすら残さないで――。

いま私は山里にいた幼児の頃のように、語り合うことのごく少ない生活に身を置いている。

あの日から、もう一年近くになる。

ひた走る

昨年の本誌「冬号」を手にし、目次を開いてまず目に入った題名が、『早生まれ』であった。三月二十一日が誕生日の私は強く惹かれて早速読み始めた。

筆者伊藤典子さんの、早生まれなるが故に体験した悲哀の場面に強く共鳴した私は、深く頷きながら読み進んだ。その結びに読者への呼びかけがあった。

「早生まれの人にお聞きしたい。早生まれは辛い、と思ったことはないですか?」

この問いに、誰よりも真っ先に、誰よりも真っ直ぐに手を挙げたのは、この私である――と思う。

小学校の一クラスが六十人の時代であった。背の低い子どもから順に一列に並ぶと、私はいつも先頭になった。一番後ろの級友と向かい合うと、私の視野にあるのは、友の厚い胸板を包む黒い制服と、そこに輝く金ボタンであった。その二人の姿を絵にすれば、一つ違いの兄弟対面の構図である。

運動会の度に、私は自分の体力の弱さをはっきり知らされた。中でもそれが際立ったのが徒競走であった。

「位置について！」

紅白の応援歌がグラウンドを包んで湧き起こる。私は足の震えを抑えながら、スタートラインに立つ。

「用意！」遥か一〇〇メートル先のゴールを睨んで構える。

「ドン！」号砲に弾かれて飛び出した直後から、友達みんなが私から遠のいていく。一年生から六年間を通して私はビリであった。

四年生の一〇〇メートル競走のときのことである。あと三〇メートルほどという所で、ゴールに真っ白いテープが張られた。同時に、大きな男の先生が大声を上げながら駆け寄ってくると、素早く私を抱えてコースの外へ置いた。次に走ってきたグループの先頭に、私が追い越されようとしたからである。

ゴールイン直前で突然張られた真っ白いテープは、残像となって子ども心に深く刻み込まれた。

その初冬のこと、グラウンドに霜柱が立ち始め、そろそろ手袋が欲しくなったころである。町のある篤志家が「体の弱い子どもさんたちにどうぞ」と牛乳を運んできた。

その恩恵を受けるのは、四年生から六年生の各クラスから一人ということだった。クラスで背が一番低く、一番体力がなかった私も選ばれた。

昼食時になると、調理実習室へ行った。並んだ虚弱者代表たちは十二名で、先頭に呼ばれたのは私だった。

私は霜焼けになりかかった冷えた手で温かいアルミの食器を支えながら、揺れる熱い牛乳をすすった。立ち会いの保健の先生が強調されたことを忠実に守り、ひと口、ひと口、噛むようにして飲んだ。

クラスに戻ったときは、もう午後の授業の始まりで、お昼の弁当抜きで過ごした。食がごくごく細い私であったが、さすがに放課後には空腹を強く感じた一か月であった。

体力は向上しないまま、五年生となった。

例年のように運動会の日となった。その徒競走のことである。いつものようにビリでゴールインしたとき、旗を持った背の高い六年生のお姉さんが近づいて私の手を強く握った。

お姉さんがかざした旗竿の先には、「5」と書かれた旗が揺れていた。大股で駆けるお姉さんに引きずられて行き着いた先は、テントの中の校長先生の前だった。校長先生は、

「五等賞、おめでとう」

と笑顔で葉書ほどの賞状を私に手渡した。その日、私のグループは欠席が多く、五人で競走をしたのである。

急に面映ゆさを強く感じた私は、賞状の文字を隠すようにして座席に戻った。帰宅後、机の引き出しの、ノート類の一番下に裏返しでしまい込んだ。

「この賞状は僕のものではない」

この思いは、しばらく続いた。おそらく少年期独特の純粋な潔癖感が働いたのだろう。

「早生まれ」六年間のビリの走る姿を証拠立てるものは全くない。昭和初期のことだから、家族の応援席にカメラなどあるはずはなかった。

それに私の父と母は、一年生から六年生まで我が子の走る姿を見たことは一度もなかった。ごく小さな豆腐屋を営んでいた両親は、運動会の前夜から明け方まで、足踏み式機械で豆腐を作り、運動会用の油揚げを揚げ、早朝に一戸一戸歩いて配達回りをした。

夜通し一睡もしないで働き続けた父と母にとって、運動会当日こそ、大切な熟睡休養の一日であった。


いま、二〇一四年二月半ば、ソチ冬季オリンピックの最中《さなか》である。全力で競い合う氷上や雪上のアスリートたちの姿は美しい。大活躍する日本選手に大きな声援を届ける私の日夜が続く。

それと同時に、伊藤典子さんの随筆『早生まれ』から見えてきた小学校運動会徒競走での私――小さな腕もちぎれよ、細い脚も折れよと、ひた走りに走る私にも、大きな大きな拍手を送る。

万華鏡

十二月のカレンダーを見て浮かぶ思い出の一つに、冬休みを迎える直前の小学生の私がある。

北海道の冬休みは十二月二十五日前後から始まり、年を越えて一月二十日頃までの長期である。

二学期の終業式を終え、晴れ晴れとした気持ちで雪道を下校する。鞄には新しい「冬休み学習帳」が入っている。その中に挟んである通信簿の成績は、父と母があまり眉をひそめない程度のものだ。

休みが始まるとすぐに、父が作ってくれた橇《そり》を持ち出して思う存分滑ることができる。スキーもできる。海を埋め尽くす流氷を迎える日もある。

根室の町の雪道はオホーツク海からの寒風に吹き曝されて固く、氷になっているところもある。もうすぐやってくるお正月の楽しみをあれこれ思い浮かべながら、長靴のすり減ったゴム底をスケート代わりにして家路を急ぐ。

さて冬休み第一日の朝となる。受け持ちの先生の、「勉強は毎日、朝のうちにやるように」という声が頭の片隅に浮かぶ。「学習帳」を取り出し、鉛筆を削り始める。

しかし二つ年上の兄に誘われると、喜んで近くの山へスキー滑りに行く。

もうすぐお正月だ。それまでには餅つきがあり、家族全員で一日をかけての煤払いがある。私の家だけではない。向こう三軒両隣の小学生のみんなだって、元日を迎える前の行事の手伝いに忙しいのだ。こうして、私にとって勉強する時間がない理由をはっきりさせる。

新年を迎えると、松の内は父母の口から勉強を奨める一言も出ない。だから形だけでも机に向かうことすらない。食事の時間以外は兄と一緒に雪遊びかカルタ、双六《すごろく》に熱中する。

兄が六年生で私が四年生（昭和九年）の、三学期が始まる前日だった。その日は早朝から猛吹雪で、父は、「近年に無い大雪になるだろう」と、呟いた。

家の中に閉じこめられ、体をもてあましていた私は、いつもと違う兄の様子が気がかりだった。朝から全く元気がない。何か考え事をしているらしい。

昼食の後で、思い余って問いかけた私に、兄は休みに入る前に受け持ちの先生からきつく言われたことを小声で語った。

「小学校最後の冬休みだ。だから悔いのない暮らし方をしなさい。そのために、『冬休み学習帳』の後ろにある『日記』を書きなさい。それから卒業記念のつもりで必ず工作品を完成させて提出しなさい」

日記については、兄は欠かさず書いていた。月日・曜日・天候のほか、十行ほどの記入欄に、その日その日の遊びの種類を大きな文字で数行書き連ねた。私の学習帳にも日記のページがあった。私は兄の手元を覗き込みながら、いつもそっくり書き写した。

兄の悩みは「必ず」と指示された工作品だった。何を作ったらよいか、考えあぐねていたのである。提出日は翌日に迫っている。ますます激しくなる吹雪の音を聞きながら、兄のために私も真剣に考えた。

夕食後、兄の甲高い喜びの声が聞こえた。「工作品が見つかった」というのである。その手には、月刊誌『少年倶楽部』のお正月号があった。開いたページには、「こんなに楽しい！　万華鏡の作り方」と、大きく太い文字が躍っていた。私も自分のことのように嬉しかった。

遠慮がちに手伝いを頼んだ兄に、父はすぐに応じた。これまで怠けていたことへの小言は全く無かった。

父を真ん中にして、兄と私は額を合わせた。私の役目は、父と兄が読みやすいように本の位置を動かし、ページを押さえていることだった。

父は図解を指しながら声を上げて読み終えると、古くなった長方形の鏡をガラス切りで苦労しながら細長く切った。その中から形の整ったものを三枚だけ選ぶと、鏡面を内側にして正三角形の筒にした。次に薬箱から取り出した絆創膏で形を補強し、最後に厚紙で作った円筒にはめ込むと、筒の一端を磨《す》りガラスで覆った。

兄は父の手元にガラスの破片が飛び散るたびに丁寧に集めたり、数種類の色紙を細かに刻んだりした。やがて父から渡された筒を立てると、紙片を一つ一つ色を選んでは落とし込んだ。

でき上がったばかりの万華鏡を兄の次に手にした私は、磨りガラスを電灯に向けた。さらに光源に近づけて覗くと、生れて初めて見る美しい世界が広がった。兄が入れた小さな紙片は、三つの鏡面に映って数多くの輝く花びらに変わっていた。

兄に促されて筒を少しずつ回転すると、模様は生きているように変化した。驚いたことに、同じ形が再び現れることはなかった。母に声をかけられて時計を見ると十二時近くになっていた。

父が予想したとおりに次の朝も吹雪が続いていた。積雪は人の背丈を超える吹き溜まりを作って道をふさぎ、登校は不可能だった。兄と私は一日がかりで学習帳や宿題を仕上げた。時折、万華鏡を覗いては幻想の世界に身を置いた。

一日遅れの始業式の朝に、兄は万華鏡を紺色の布の袋に入れて大切に持って出かけた。その袋は母が前夜にそっと作ってくれたものだ。

数日して冬休み作品展覧会から戻された万華鏡には「一等賞」の金紙が付いていた。

今から三年前（平成十三年）の十二月に、私は左目の老人性白内障と診断された。そのまま放置しておくと、間違いなく失明に近い状態になるとのことだった。

手術用のベッドに仰臥した私は、水晶体内の濁った液を抜いてプラスチックの眼内レンズを挿入する過程で、全く予期しない美しい光景を見た。どこまでも深い漆黒の闇の中に、様々な色彩を持った無数の微細なかけらが絶え間なく煌めいた。

手術が終わった目は厚い眼帯に覆われた。その時、あの兄から手渡された万華鏡が生み出した、美しいステンドグラスが飛び散ったような驚きと喜びをまざまざと追想した。

家族が力を合わせたあの吹雪の一夜を知るのは私一人となった。

金色の小さな短冊の「一等賞」の文字を思い浮かべると、素朴な万華鏡を囲んでいる父と母、そして兄の面影が見えてくる。

幼児の学習

成人式を迎えた孫娘から晴れ着姿の写真が送られてきた。看護師を目指して札幌の大学で勉強中のこの子から便りがあるたびに、一歳三か月のある日から八日間の、成長していく彼女の姿を思い出す。

父が運転する車で札幌に近い江別市から中標津町の我が家に着いたときは母に抱かれていた。居間で親の手から離されると、すぐにゆっくり立ち上がった。喜びの拍手をする祖父母の私たちに、膝と腰を曲げたまま前後に揺れながら満面の笑みを見せた。最大の努力で意志どおりに体を動かし、その結果をごく身近な者に認められた嬉しさを感じたのだろう。

次に孫は両肘を肩まで上げて揺すり始め、時々腕を伸ばしては宙を泳ぐ仕草をした。

「これから歩きますよ。まだたった三歩ですけれど」

母親の話が終わると、それが合図であったかのように、全身に力を込めて一歩、二歩、三歩と足を進め、尻餅をついて親と私たちを見上げた。その眼は何かを話しかけている。母親が頷くと、また立ち上がって三歩だけの歩行を眠くなるまで繰り返した。

幼児はよく歩けもしないのに歩こうとする。歩行の練習では無数の失敗を経験し、時には転んで頭を打つような危険なこともある。だが歩行活動そのものは親から抑止されることはない。失敗があってもきつくとがめられることはなく、おだやかで適切な訂正が与えられ、練習が奨められる。これは成長の基本であり学習の望ましい過程だ。

翌日からは日ごとに十歩、二十歩と歩数が増していった。もしもグラフに記録したら急カーブの上昇になるだろう。自由自在に、必要な時に移動できる楽しさを覚えたこの子は、目覚めている限りは動き回った。私たちも危なっかしい動きに思わず声を上げて、一斉に手を差し伸べる回数もだんだん少なくなった。

七日目には一度の転倒もなく、居間に続くどの部屋にも自分で行けるまでになった。妻と私は、

「私たち高齢者が新しいことを学ぼうとするとき、このような急速な進歩ができたらどれほど嬉しいことか」

と、話し合った。

八日目のことである。孫娘は大きな冒険をした。

壁に掴まって居間から続く廊下を初めて覗いた。眼を大きく見開き、頭を上下左右に動かして真剣な表情で新しい広場を観察していたが、やがて居間から一歩、二歩と出ていった。

次にしばらく凝視していたのは二階に続く階段である。水平の移動が自由にできるようになったこの子の眼には、初めて見る垂直に近い急傾斜はどのように映ったのだろうか。とにかく新鮮な世界であることは間違いない。

幼い子は好奇心の固まりである。未知の国に入り込んで小さな冒険をする。ルイス・キャロルの、『鏡の国のアリス』であり、『ふしぎの国のアリス』そのものだ。その年齢にふさわしい場面と動機さえあれば、新しい学習への意欲が強く湧き、すぐに行動に移る。これも乳児から幼児へかけての、すばらしく限りない探求心だ。

孫娘は二段目に両手を置くと、胸を思い切り反らせて頂上を見上げた。次に両肘を三段目に、両膝を二段目に密着させた。それから左肘と右膝、右肘と左膝と、交互にバランスを取りながら上がり始めた。

転落を心配する私たちの視線と励ましの言葉を背中に受けながら、とうとう五段目の踊り場に着くと座り込んだ。更に上に続く階段が眼にはいると、今度はなんなく残りの五段を這い上がって二階の廊下に座った。

孫娘は成功の喜びを全身で感じたのか、私が三度、四度と一階に抱き下ろしても、また這い上がった。腕や脚の動きが回数を重ねる毎に速く巧みになった。この行動も眠くなるまで続いた。

彼女には登るというはっきりした目的があった。階段という最適な学習場面も眼の前にある。だれの助けも借りないで、思う存分に努力する機会もあり、一段上がるごとに背後に祖父母や父母の声援という確かな反応があった。精一杯の努力の結果がすぐに現れて喜びが湧いた。だから繰り返したくなった。

幼児は自分で構成した場面で、新しい学習への動機が強くなるものだ。

いま成人となった孫娘の写真を見ながら、あの初めての歩行と階段を上がっていく意志と実行の姿を新鮮に思い浮かべていた。


最近我が家には時々かわいいお客さんが見える。隣の家のお孫さんで、ウワちゃんという女の子だ。私たち夫婦から見ればひ孫と同じだ。

ウワちゃんは来宅のたびに私たちに笑顔で教えてくれることがある。

「ウワちゃんね。いま幼稚園の『ウシャギ組しゃん』だけど、四月には『キイン組しゃん』になるの」

幼児はまだよく話せないのに話そうとし、その自立までには無数の失敗をおかす。

だが言語活動そのものは両親によって常に奨励され、正反応には全面的な褒め言葉が与えられる。間違いながらも飽きることなく繰り返す幼児に、親は必ず正しい表現で限りなく応える。

ウワちゃんの毎度の喜びの言葉に、妻はゆっくりと、いつも同じように「おめでとう」の気持ちを込めて声をかけている。

「ああ、そうなの。『ウサギ組さん』から『キリン組さん』になるのね。よかったね」

おじんちゃん

折に触れておじんちゃんを偲ぶとき、昭和八年——小学四年生の私に戻る。

そのころは道路が子どもたちの遊び場だった。

野球も楽しんだ。家の前の石ころが目立つ地面に、五寸釘で引っ掻いてホームベースを描く。そこから板塀に沿って走り、隣の潜り戸の前に立っている電柱をファーストベースとする。次に直角に曲がり、道の向こう側の、雪道になるまで置いてある馬橇をセカンドベースと決める。三角ベース野球だから、サードは不要だ。

バットは父が削ってくれた棒で、ボールは母の手作りである。醤油びんの栓のコルクを核にし、綿を厚く巻いて球形にしてから布を被せ、太い綿糸を硬く巻いたものだ。素手でボールを受けるのだが、キャッチャーだけは、左手に古い軍手を二枚重ねてショックを和らげた。

友だちが三人集まればプレーが成り立つ。通りがかった知らない子が声を掛ければすぐに仲間に入れる。どこの町内から来たのか判らないが、一年生の小さな男の子が、数回参加したことがある。この子が入ったときには、いつもみんなで励ました。

既にバッターボックスで構えている打者には休んでもらって一年生を立たせた。ボールが当たりやすいように、幅の広い板状の木片を持たせる。ピッチャーはできるだけ近づいて、バットに当たるように投げる。ボールが少しでも触れれば、一斉に大声で、「ホームラン！」と、叫ぶ。キャッチャーは男の子をファーストからサードへ進むように促して一緒に走る。ただし決して追い越しはしない。

セカンドを過ぎた途端に、伴走者はスピードを上げて先導者になり、一足先にキャッチャーのポジションに着いて振り返り、両手を広げる。小さなランナーが全力疾走のまま、バックネット代わりの板塀に激突してはいけないからだ。

ランナーは自分を待つキャッチャーを見ると、急に前傾姿勢の走法を止めて楽しいスキップに切り替える。やがてホームベース直前で立ち止まり、両足を揃え、両腕を大きく前後に振ってリズムを取り、「イチ、ニのサン！」で幅跳びをしてベースに着地する。

遊び場と言っても、町の道路だから次々と大人の往来がある。たいていは塀に沿ったどぶ板を渡りながら私たちを笑顔で励ましてくれる。石炭を山と積んだ荷馬車が通る。リヤカーを曳く便利屋も、のんびりと行き来する。町にたった一台の貨物自動車も、ごくまれにのろのろと走る。そんなときには誰かが手を挙げて「タイム」と叫ぶ。

腰の曲がったおじいさんやおばあさんが遠くに見え始めたら、必ずタイムをかける。通り過ぎるのがとても遅いので、みんながセカンドベース代わりの馬橇の上に立って、大流行中のヨーヨーの技を競い合う。

歩行が一番遅かったのは、我が家に茶飲み話によくやってくるおじんちゃんだった。いつも着物姿で、山袴《やまばかま》に包んだ足腰が悪いのか、太った体をひどく左右に振って歩く。だから歩幅がとても狭い。おじんちゃんは体つきが七福神の布袋和尚さんによく似ていた。大きな袋と軍配を持たないのと額に深い皺が多いところは違っていたが、いつも笑っているような細長い眼は和尚さんそっくりだった。

ガラス戸に手を掛ける音に続いて、咳払いが二度か三度聞こえればおじんちゃんだ。

「また遊びに来ました」

しわがれ声でこう言ってから、中障子を開け、囲炉裏まで這ってきて客座につく。母はお茶を淹《い》れた後、塩煎餅を勧める。これは母が六年生の兄と私のために買い置きしてあるおやつで、おじんちゃんの大好物でもある。

おじんちゃんはいつも軽い咳払いをして世間話を始める。日頃から口数の少ない父は常に受け手である。よく耳にしたのは、「フケーキ」というおじんちゃんの言葉だった。このときだけは父も大いに共鳴し、強く相槌を打っていた。二人の暗い表情や溜息混じりの語調から、この世を覆う陰鬱な空気が九歳の私にも伝わった。

おじんちゃんのこの短い言い回しには確かな時代背景があった。関東大震災からの復興がようやく見え始めた昭和初頭に、日本は大不況に直面した。この苦境に東北地方の大凶作が重なった。国民が抱く明日への底知れぬ不安を、おじんちゃんは重苦しく「不景気」というひと言で表現したのである。

おじんちゃんは、よく兄と私に強く言い聞かせた。

「この世で一番大切なのは、親孝行と兄弟仲良くすることだ。もしも親不孝をしたり喧嘩をしたりすれば、チミモーリョウの鬼がやってきて、子どもたちを遠い暗いところに連れていくのだ」

ある日のこと、兄はこの不気味な鬼の居場所を遂に突き止めた。それは私たちの愛読書、『少年倶楽部』の付録「少年歌集」の中にいた。本誌は勿論のこと付録も総ルビなので、どのページでも自由に読めた。兄が指さしたのは、第一高等学校（旧制）寮歌『嗚呼玉杯に花うけて』で、その第五連に「魑魅魍魎《ちみもうりょう》も影ひそめ」という一行があった。なるほど、その漢字四つに、それぞれ、おじんちゃんの説く鬼たちが並んでいた。

お正月が近くなった雪模様の日に、おじんちゃんと父が和やかに語り合っている横で、兄と私は双六に熱中していた。サイコロの目が私に味方して、上がりに近くなった。高まる優越感に浸った私は、身振りをつけながら、

「ハア　踊り踊るなら　チョイト東京音頭　ヨイヨイ」

を、繰り返し歌った。

そのころはテレビの無い時代だった。北海道では札幌からラジオの電波は流れていたが、私の住む東端の根室の町では商店の大きな受信機でさえ雑音の中にかすかに言葉らしいものが途切れ途切れに聞こえる程度だった。

私の歌は学校で習う以外は、ある級友からの聞き真似であった。彼の家は蓄音機とレコード販売店で、クラスの中で飛び抜けて声が良かった。次々と彼が教える歌は、どれもこれも一行か二行止まりのものであった。

珍しく双六での優位を続ける私は、嬉しさのあまり友から教えられたばかりの歌が自然に出た。

「ハア　島で育てば　ムスメ十六コイゴコロ　ヒトメシノンデ」

そこまで歌い終わったとき、父が急に、

「学校の歌を歌いなさい」

と、大声でたしなめた。その響きには日頃には無い厳しさがあった。続いておじんちゃんが、さらに語気を強めて全く同じことを言った。いつもの布袋和尚さんの柔和さが消えた顔に、私は強く気圧《けお》された。

二人がなぜ突然行く手を阻むようにこの歌を止めたのか、私には判らなかった。その後も級友から同じように「ハア」で始まる「天龍下ればヨー　ホホイノサッサ」を教えられたが、家では一切口にしなかった。

冬休みにおじんちゃんは私に紙飛行機の作り方を教えてくれた。おじんちゃんは驚くほど上手だった。太い節くれ立った指先が巧みに細かく動いて、次々と小さな飛行機が生まれた。最初は飛ばし役だった私も、見よう見まねで作り始めた。おじんちゃんに褒められると、映画のチラシを集めては作り続けた。日が経つにつれて製作過程が指に馴染んで、ついには鼻歌を歌いながら紙を折るまでに上達した。

三月下旬となり、港を埋め尽くしていた流氷が北の海に帰り始めたころ、おじんちゃんの来訪が途絶えた。父も母も、ときどきその消息を気遣った。

夏になると、兄と私は協力してゴム動力の飛行機製作に熱中した。プロペラをフル回転させて、広い草原の上空を飛び続ける軽快な姿に心が躍った。もう紙飛行機への興味は全く消えていた。夕食でのおじんちゃんの話題もだんだん少なくなっていった。

昨年――平成十七年六月のある夜、十一時近くに書き物を終えてテレビを見た。画面はＮＨＫ・ＢＳ１の『あそび伝承塾・紙ヒコーキの作り方』であった。女性アナウンサーの丁寧な解説は「イカヒコーキ」から難しい「ツバメヒコーキ」に移った。「たかが遊び、されど遊び」の声に誘われて、私の手は自然にＢ５のコピー用紙を取り出していた。折り始めると、七十年以上も前におじんちゃんから学んだ工程が鮮やかに蘇って、指先がよどみなく動いた。

完成して飛ばそうと立ち上がると、しわがれ声の、「自分が飛ぶ気持ちになって」という教えが聞こえた。私の手から離れたおじんちゃん直伝の紙飛行機は、瞬時の上昇から水平飛行に移り、緩やかに機首を下げると静かに床に止まった。

わずか三秒にも満たないこの時間が、昔を今に呼び戻してくれた。急におじんちゃんが懐かしくなった。

あのおじさん

ふと、あのおじさんの面影が浮かぶと瞬時に時空を超えて、小学五年生の私の目から見た、八十年も前の根室の街並みが映し出される。

このセピア色の静止画像をにぎやかな動画にするのが、ぶらぶらと近づいてくる三十五歳のあのおじさんだ。

もし、我が家の前で野球をして遊んでいる私たちを見ると、構えている打者からバットを無理矢理借りてボックスに入る。打ち損じると、ピッチャーに近づいて正しい投球フォームを大仰な身振り手振りで指導する。

野球と言っても、ファーストベースが隣の家のごみ箱で、向かいの電柱の根元に転がっている大きな平らな石がセカンドベース、あとは我が家の前の板きれがホームベースとなる。

荷馬車が通るときには誰かが「タイム」を要求する。足の運びの不自由なおじいさんかおばあさんかがやって来て、「ドレドレ」とセカンドベースに一休みすることがある。ややあって「ヨッコラショ」と立ち上がるまで、野球は中止しておやつの飴を楽しむ。五、六人いればゲーム成立といった程度のものである。

遊びのリズムをおじさんにすっかり崩された私たちは、いい加減なところで目配せをしてゲームを止める。おじさんは次の機会の指導を約束して、それぞれ帰って行く子どもたちを見送る。

おじさんの行く先は決まっている。すぐ目の前の私の家なのだ。

おじさんは私の父母が岩手県出身と聞き、「私も同県なので懐かしくなり、ご挨拶に参りました」と言って入ってきたのが、我が家来訪のきっかけとのことだ。そのとき、几帳面に生年月日や略歴まで述べたそうだ。

夏場は国後島《くなしり》（現在の北方領土）で漁業の手伝いをし、流氷が見え始める十二月から、流氷が去る三月末の海明けまでの間、根室の町で奥さんと暮らしていた。その奥さんは、私の母の遠い遠い親戚だという話だが、詳しいことは聞かず終いである。

子ども心におかしかったことがある。それは悪天候の日のおじさんの挨拶だ。居間の障子を開けるとすぐに、「雨がひどくて、とても歩かれたものではない」と、愚痴をこぼしながら袖や胸の雨滴を払う仕草をする。あるときは、「風が強くて強くて一歩も進まない」と、向かい風に抵抗する様子を演じ、咳き込みながら客座につく。吹雪の日には居間に入りながら、「腰までの大雪だ」と、大股の踏み込みと両腕の回転で深い雪との闘いを再現する。

私はその都度、「そんなにしてまで来なくてもいいのに」と思った。大して用事があるわけではない。世界の情勢とか、日本の立場とか、この町の将来とか、父を見詰めながら私見を大声で披露するのだ。

父は無口なほうで、いつも正座をしていた。五十代半ばまで過ごした故郷岩手の訛りを抑えるためか、応答はどの客の話にも、「はあ」「如何にも」「そうですなあ」と、ほとんど短い共感や肯定を繰り返していた。そんな父こそ、能弁なあのおじさんにとっては、格好な聞き手であったに違いない。

私の愉悦のひとときは、正座する父の膝を枕にして仰向けになり、足を組み、南部せんべいをかじりながら、少年倶楽部を読む時間だった。岩手県庁に勤めていた兄がいつも送ってくれる月遅れの雑誌だ。

私はほかのお客さんが見えたときには居間の片隅に卓袱台《ちゃぶだい》を寄せ、正座して好きな本を読んだ。しかし、なぜかあのおじさんのときだけは、父の膝枕のまま、読み物のほか天井板の木目や節穴を眺めたり、本を屋根にして気持ち良くうたた寝をしたりした。

父への最新知識の披露の種が無くなると、おじさんは母が勧めるお茶請けのたくわんを口にする。ここで少々の空白が生じる。そのとき流れる居間の空気に、私はおじさんの訓話開始の予兆を感じる。実にそのとおり、おじさんの改まった呼びかけがあり、私は正座する。

こんなこともあった。おじさんは私に、「徳川家康様のお言葉」を二つ教えた。「人の一生は急ぐべからず」と「親孝行第一」であった。

おじさんが帰ると、父は笑いながら、家康遺訓を「人の一生は重荷を負いて遠き道を行くが如し。急ぐべからず」と書いて正確に教えた。我が子が間違って覚えては将来が大変と思ったからだろう。「親孝行第一」は遺訓には無かったそうだ。

いま思えば、父は、家康遺訓の「不自由を常と思えば不足なし」「おのれを責めて人を責むるな」を実践した人であった。

おじさんは翌年会ったとき、私を見詰めながら言った。

「僕は小学校の先生になりたかったんだ」

先生になれなかった分だけ、私を教え子にして、蓄えた知識を注ぎ込み、教え諭したのだろう。

その教え諭しは更に続いた。

私が小学校を終え、地元の商業学校を受験して合格したとき、おじさんはどこから聞きつけたのか、お祝いに来てくれて、こう言った。

「上の学校の算術では、コーコゲンノテーリを習う。とても為になるからしっかり覚えなさい」

私たちが子どものころは、現在の小学校の算数を算術と呼んだ。

おじさんは帰り際にも、私にしっかり視線を向け、噛んで含めるように、為になることを繰り返した。

入学すると算術は無かった。姿形を変えて、上級の学校らしく、数学という荘厳な呼称になった。教科書の装幀もハードカバーに格上げされた。代数と幾何がその内容である。

先生は、(髭を剃り落とした)ギリシャの哲人、ソクラテスに似ていた。清潔な身なりで静かな方だった。いつもうつむいたまま細く透きとおる声でゆっくり講義をされた。

ある日の授業で、確かにあのおじさんの予告したコーコゲンノテーリが目の前に現れた。それは和算の鉤股弦の定理、つまりピタゴラスの定理であった。先生が黒板に引いた直角三角形に、あのおじさんの顔が重なった。

太平洋戦争が始まった年から、おじさんの姿が消えた。

「軍の徴用で軍需物資の輸送船に乗せられ、北千島にでも行ったのではないか」

父母は声を潜めて懸念を漏らした。


会者定離《えしゃじょうり》――人は一生のうちに、どれほどの数の人と巡り会い、離別するのだろうか。そして、どんな触れ合いをした人が、記憶に残るのだろうか。

その記憶も、大方は時の流れにかけらとなり、宇宙の暗い彼方に飛散し、やがて消えてゆく。

いま私は高齢の日々を送りながら、ごく僅かに残った「忘れ得ぬ人々」との思い出を大切に温めている。

勿論、その中に、あのおじさんは生きている。

第二章　しずり雪

小さな編集室

書庫の隅の段ボールの箱から、表紙がセピア色になったノートが出てきた。タイトルの「雑記」というインクも淡い紫に変色していた。右下のごく小さな文字は「昭和三十年当時」と、読み取れる。今から半世紀前の時代のことだ。
懐かしい想い出のページを繰っていくと、当時の「家庭電化七階級」の書き写しがあった。
第七階級　電灯しかない
第六階級　ラジオとアイロンがある
第五階級　トースターも電熱器もある

第四階級　ミキサーも扇風機もある
第三階級　電気洗濯機もある
第二階級　電気冷蔵庫もある
第一階級　テレビジョンまでもある
この一覧表の後に、私の鉛筆の書き足しがある。
「テレビは、二年前の昭和二十八年に東京をはじめ大都市で放送を開始したばかり。電化製品のうち洗濯機・冷蔵庫・テレビは庶民にとって遙か彼方の物。（三種の神器）」
我が家がようやく第一階級に入ったのは、昭和三十五年の年末のことだ。それからわずか十年のうちに、三種の神器を超えるものが普及した。それは「自家用自動車」である。テレビ画面には手に入れたばかりの自動車に子どもたちを乗せた夫婦がにこやかな顔を見せるようになった。やがて私の隣近所の家の前にも華やかに光る自動車が置かれた。
自動車は科学の粋であり最先端の技術の結晶で、千を超える複雑多岐な部品がある。それらの名称や機能を全く知らなくても簡単に動かせるようになった。「家族の足」と呼ばれて日常の必需品に加えられた自家用自動車は、やがて簡単に「くるま」という名で生活に入り込んだ。今では辞典が、

〈くるま［車］ 古くは牛車《ぎっしゃ》を、明治・大正期は人力車を、現在は自動車をさす。〉

と、記述している。

私自身も長い間職業や旅行で車の恩恵に浴した。だが八十代半ばに近づくにつれて体の機能の衰えを自覚し、遠くないうちにハンドルから離れようと思うようになった。

ところが今年（平成十八年）の二月になって、免許証返上はしばらく措くことにした。原因は妻の病気である。急病で入院した妻は一か月後に退院をしたものの、家庭でのリハビリテーションのほか、注射や点滴のために平日は勿論のこと土曜日、日曜日、祝日も通院するように医師からの指導があった。

その送迎や日用品・食材購入のためには私の車が必要である。殊にスーパーマーケットは車社会を前提にして郊外に建てられている。こうなるとどうしても車は欠

かせない。

「配偶者の介護」という高齢者夫婦の厳しい現実が、日頃の「やがては」という安易な予想を突然打ち消して私の前に立ちはだかった。家事と介護だけに明け暮れて三月、四月と過ぎるうちに、心の片隅に芽生えた懸念が大きくなった。

早朝の起きがけから、今日の不安が寝不足の心と体を揺さぶる。疲れて深夜の就寝となる毎日だ。日めくりカレンダーに触れる瞬間だけが新しい日を意識させる。季節の移り変わりも忘れて多忙の渦の中にいる私は、足が大地に接していない。これは生活ではない。

妻の不測の事態を予想しての、振り切れるほど振幅の大きい心の振り子を静かに止めよう。何よりも大切なのは宙に浮いている私自身を一日も早く着地させることだ。着地するにしても、それはどこか、どんな形か？

五月になって妻が家の中をようやく一人歩きできるようになった。その頃から私の心にもゆとりが出て、あれこれと考える余裕が生まれた。

「一日にせめて三十分だけでも何かに没頭したい」

日が経つにつれて、茫漠とした願望が言葉になり始めた。

「没頭の対象は挑戦に値し、結果はいつも達成感を生み、次への意欲を掻き立て、暮らしに新鮮なリズムを作り出すものだ」

言葉として見えてきたばかりの願望は、すぐに実現への糸口を私に教えてくれた。それは机上にあった本誌、『文章歩道』への作品応募の過程である。

想を起こし、原稿を送って添削指導を受け、更に推敲して応募し、掲載された作品を改めて読み直し、次へのステップとする。このサイクルを我が家の「小さな編集室」で毎日実現してみたい。私が編集・発行人をも兼ねる。

とは言っても、大仰なことではない。単にデジタルカメラの画像から一枚を選び、心に浮かぶ短文を書き添えてインターネット上のブログに日々送るだけのことだ。その働き手は目の前のパソコンで、これらの仕事を三十分以内に私の意のままに成し遂げてくれる。

私は七月七日に、発表の場として、『ブログ　心の小径』を開設し、二日後から使い始めた。閲覧者はブログのアドレスを知っている友人、知人と私の子や孫たち、ほかである。

やがて生活に減《め》り張りが生まれた。毎日の編集開始の緊張感から始まって、成し終えた充実感までの三十分は、翌日への意欲を生み出した。十二月中旬には、妻も家の中ではほぼ通常の生活ができるまでに快復した。

子どもの頃、第七階級の「電灯しかない」暮らしの中で育った私は、今は自家用自動車とパーソナル・コンピューターの恩恵の中で生きている。

我が家の「小さな編集室」が仕事を始めてから、十二月末で半年になる。

私の中の四季

もう七十年も前のことになる。昭和二十五年ごろ、私は坂道の多い根室の町に住んでいた。

三月の初めに、港から北の海へ帰り始めている流氷を眺めながら、散歩に出かけ、滑る雪道を下って書店に入った。

書棚の目の高さのところに、小説・文章・詩と歌謡・短歌・俳句の作り方を並べたコーナーがあった。どの本も緑色のカバーで、『愈々評判高き大泉書店の入門百科叢書』とある。

私は旧制商業学校の生徒のとき、国語は、通称「岩波国語」（岩波書店編集発行の、和綴じ教科書）で学んだ。

日ごろから尊敬していた国語の先生は、詩や俳句・短歌の暗唱を勧めた。私はその中で、日本語を短く強く組み合わせて表現する俳句に魅力を感じていた。

すぐに、叢書の中から、『俳句の作り方』を求めた。定価は百四十円（地方売価は百四十七円）であった。

〈今日から俳句を作ることができる〉

私は喜びを抱いて、海からの冷たい風を背に帰宅した。だが、ページを開いたとき、序文にあった著者の断定の二行に、突き放された。

〈日常から自然をよく見つめていない者は、決して上達しない。植物について知識の浅い者は、上達する見込みがない。〉

著者が、私を見通し、諭しての言葉であった。

私が、

「入門のお許しをいただきたい」

と、申し出たところ、

「君は、自然観察をおろそかにしているほか、四季の感覚がずれているので、遠慮願いたい」

と、断わられた——体《てい》であった。

数ページ読み進むと、春・夏・秋・冬の秀句も載っていた。春の項には、「山焼き」や「麦踏み」の句があった。雪と氷の早春の中で育った私には、眼に映るどの句も、別世界を詠んでいた。同時に、次々と現れる季語が、想像の世界を広げていった。

開巻劈頭に入門を強く拒否されたにもかかわらず、新鮮で奥深い楽しさに惹かれて読み通した。さらに繰り返して読んだ。気に入った句は書き抜いて音読した。

考えてみると、私には、幼児のころから、根室には無い四季を思い巡らせる習慣が身に付いていたようだ。東京で発行される月刊誌、講談社の『幼年クラブ』や『少年倶楽部』の表紙絵と挿し絵の四季は、北海道東部の子どもにとっては、全く異なる風景であった。

その雑誌が見せてくれる四季に加えて、小学校六年間のうちに、私の中には、「教科書の四季」が生まれていた。

小学一年生になったのは、昭和五年（一九三〇）であった。

表紙に「文部省」と書かれた「尋常小学国語読本　巻一」の第一ページには、中央の上に大きく「ハナ」の文字があった。その下には枠の中に、枝先の花びらが開ききった桜の精密な絵があり、片隅の小さな枠の中には五弁の正確な図が描かれていた。

日本中の小学生が、この教科書を四月初めに開くのである。その時期に、私たちの住む地方は、まだ吹雪の日もあった。

二年後《あと》の、昭和七年に入学した一年生の教室からは、先生の模範朗読の後を追って、「サイタ　サイタ　サクラ　ガ　サイタ」と、大声をそろえて読み上げる声が廊下に響いた。

その時季に、山かげの池は、まだ凍っていた。畑の土も凍っていた。悴《かじ》かむ手で登校した子どもたちは、教室に入ると、まず、受け持ちの先生が火勢を強くしてくれる石炭ストーブの前に集まり、暖気に身をほぐした。

私が『俳句の作り方』を手にし、その後『歳時記』で、俳句が描き出す四季を楽しむようになってから、七十年に近い。熱心な、俳句の「読み手」にはなったが、現在もなお、「詠み手」ではない。

三月に九州を出発した桜前線が、日本列島を駆け上がり、北海道に上陸するのは、四月上旬から五月である。

その五月に、私は例年、ある方に季節の便りを書く。宛先は、東海道五十三次は「金谷の宿」の知人である。

書き出しには、北国の自然の小景を置こうと、庭に立つ。

昨年の五月下旬にはこんな手紙を投函した。

――お元気ですか。紫ツツジの花びらが開きかけています。庭の桜は三分咲きです。千島桜で有名な、根室市の清隆《せいりゅう》寺のホームページによれば、見頃は五月二十日過ぎとのことです。我が家の桜も、五月二十五日が満開だと、妻と予測しております――。

しずり雪

ひと冬の間に、少々身構えることが二、三度はある。

身構えると言っても、向こう鉢巻きで立ち向かうような敵が眼前に現れるわけではない。猛烈な吹雪の襲来を知った時、その動きにすぐに対応できるように準備をし、気持ちを整えておくという意味だ。

日本海から進んできた低気圧は津軽平野に大雪を降らせた後、私たちの住む北海道東部の海上で太平洋低気圧と合流する。そこで急激に発達し、大量の降雪で知床連山から根釧台地までも白一色にする。

前日の朝、晴天に雪がちらつく。風花《かざはな》だ。まばらで優雅な飛来が心を和ませる。

殊に青空を背景にして舞い降りる純白の一ひらは優美だ。冬がもたらす美しい贈り物に、我を忘れて見続ける。

気象情報は、「激しい暴風雪が深夜から北海道全域にわたる」という警報をしきりに発表する。

私はやおら腰を上げて外の物置へ行き、除雪器具類を調べて玄関に揃える。作業用手袋から厚手の防寒具や、膝を超える長靴までも用意する。

冷蔵庫を覗いて、降りしきる雪に夫婦が数日間閉じこめられても困らない程度の食材の量があるかどうかを確認する。不足気味と判断すればすぐにショッピングセンターに出向く。

夕方になると、厚い雪雲が次第に青空を封じ込め、粉雪が降り始める。

その時にもささやかな楽しみがある。隣の二階建てアパートのトタン屋根がそのまま大きなキャンバスになるのだ。屋根一面をうっすらと覆った雪は、僅かな風に様々な模様を描きながら生きているように走り回る。やがて一陣の風に、小さな滝の飛沫のように表面を流れ落ちるかと思えば、渦を巻きながら屋根を駆け上がる。

そのうちに強く吹き上げる風に雪は一掃され、屋根はいつもの弁柄色《べんがらいろ》に戻る。

夜になって、定時ニュースには青森地方の大吹雪の映像が流れる。その時、竜飛岬に近い津軽平野の町に住んでいる親友を思い出す。太平洋戦争中に生死を共にした同年の友だ。彼はいつも昔ながらの津軽弁で私と語る。

友の思い出に誘われて、太宰治の作、『津軽』冒頭の「津軽の雪」を呟く。

「こな雪　つぶ雪　わた雪　みづ雪　かた雪　ざらめ雪　こほり雪」（東奥年鑑より）

この七つの雪は、新沼謙治が歌う『津軽恋女』では、「こな雪　つぶ雪　わた雪　ざらめ雪　みず雪　かた雪　春待つ氷雪」と、なる。

だが、雪降りを楽しむのは、その日の深夜までである。

一夜明けると様子は一変する。前々日からの予報は的中している。朝カーテンを開けると横殴りの吹雪が続き、時折、一〇メートル先が見えなくなる。

前日までは、隣の家との間の畑地は、雪解け水を吸った黒土が出ていた。それが既に大人の腰高ほどの積雪となっている。正午近くには、私の背丈と同じ小鳥の餌台が埋もれようとする。午後になると、吹き溜まりの頂上は、隣の屋根の庇に達する。

それまでの東よりの風は、夕方には北西に変わり、激しさを増しながら日暮れとなる。風雪の塊は、連続して家の外壁に強く打ち当たり、夜の睡眠を妨げる。

暴風雪一過の翌朝、玄関に続く風除室のガラス三面を割らないように気を遣いながら、凍り付いた雪を丁寧に削り落とす。朝日を受けた新雪の輝きが家の中まで届く。

腰までの雪を踏みつけながら十歩ほど進んで右を見ると、我が家の花畑から隣の野菜畑までが雪原に変わっている。

正午過ぎには、せめて郵便配達員が通れるようにと除雪を始める。スコップでひと掘り、ひと掘りの仕事なのでなかなか進まない。

翌日も除雪は続く。純白の地面を見続けている眼には、休息で見上げる空の深い青さがいつも新鮮だ。庭に立つ二十年を超える山桜の枝々は大小の雪を重たげにまとっている。日光の直射に気温が上がり始めると、重さに堪えかねた枝から雪が次々と落ちる。しずり雪だ。

津軽の友も、同じ仕事の合間かもしれない。大声で語る彼の「正調津軽弁」も、ここ数年聞いていない。
藤沢市にお住まいの知人、卯木堯子さんの『句集　カンタービレ』の中から一句。

忘れゆく津軽のことばしずり雪　　堯子

日が経つにつれて、固く締まった小さな雪原は、快晴の空の下では白銀の光をまぶしく反射する。夕日が山の端に近づけば、ごく淡い朱色を流す。音もなく人影もない世界の、このひと時の風花は、冬の小さな美しい恵みだ。

風花や歌《カンタービレ》ふかにまた語るかに　　堯子

住環境――移ろいの記

定年退職の日が二年後に迫ったとき、終《つい》の栖《すみか》への夢が湧いてきた。町外れが良い。ベランダからすぐに野原が続き、その果てには山々が聳える。夏には蝉の声、秋には虫の音を聞き、冬には星座と語る。

そのうちに、理想とする家が心の中に構築された。

望みどおり、我が家は町の外れに建った。退職の翌日から、夢を実現した家での生活が始まった。真新しいドアのノブを押して居間に入った。初めての部屋なのに、なぜか懐かしさを覚え、「探し当てし　去年《こぞ》の古巣」と、昔の小学唱歌の一行を口ずさんだ。

職を去った直後のことで、しばらくは新居への来客が続いた。

「静かですねえ。車の音が全く聞こえませんねえ」

この言葉に、私はうなずきながら嬉しさを覚えた。

夢に描いていたとおり、ベランダから草原が広がった。遠い先には山並みがあった。そこから北東へ知床連山が始まり、西の青空の下には神秘の湖を抱く姿の摩周岳があった。更に遠く、晴れた日の夕べには、淡い水彩の筆先を僅かに走らせたような雄阿寒岳も浮かんでいた。

予想外の風景もあった。山麓にある空港の辺りに、一日に数回、離着陸の姿勢に移る小指ほどの旅客機が見えた。それは静けさに満たされた広い自然の中の、ごくごく小さく控えめな、音の無い動きであった。

家の後ろには森があった。その夏のこと、季節を謳歌する蝉たちの声を聞きながら庭で草むしりをしていた。突然何かが耳に当たって地面に落ちた。蝉であった。拾い上げた私は両手で虫かごの形を作り、むずがゆさを我慢しながら森へ運び、木肌に戻してやった。その日から、この森を「蝉の森」と呼ぶことにした。夏祭りの宵には、居間にいながらにして花火大会の観客となった。

秋の夜半には、室内の明かりを消してガラス戸を開け、草むらに集《すだ》く虫の声を招き入れた。

やがて山頂の雪の輝きに、冬の到来を知った。ベランダの外が雪原に変わった。青空の広がる朝、キタキツネの足跡を辿り、ひと足ひと足、新雪の締まる音を確かめながら歩いた。晴れた夜には、冬の星座と語り合った。

春、夏、秋、冬、昼夜を通して北国の広大な空があった。

以上を序章とする。


次に「第二章　住環境――激変のこと」へと進む。副題は、「夢は消え行く」とでもしよう。

四季二巡して、三年目の五月の朝であった。

ごく近くの草原に、一台のトラックが止まった。木造建築解体後の廃材投棄である。午前中で作業を終えた頃には、積み重なった廃棄量は大人の背丈ほどになった。

その日から、旅客機の離着陸は、無造作に積まれた木材の山からの動きに見えた。翌日も翌々日も、トラックの運搬は続いた。やがて雨風に晒された多量の廃材が、秀麗な摩周岳の前景となり、遂には雄阿寒岳の姿を隠した。秋には虫の音も絶えた。

十一月に入ると、我が家の敷地に接する草地に、二階建ての横長マンションが建つ噂を聞いた。それは私にとって、「ベランダからの連山眺望が遠からず断たれる」知らせでもあった。建築業者が、「当分の間、ご迷惑をおかけします」と、名刺を持って挨拶に来た。

厳寒期に入った十二月二十日の朝、次々とやって来た重機が唸りを上げて掘削を始めた。業者がまた来宅して、「コンクリートを乾燥させる作業をしますので、夜分も少々ご迷惑をおかけします」と理解を求めた。

数日後、コンクリートが基礎枠に流し込まれ、全体を覆う巨大なブルーシートのテントが張られた。その夕方から、熱風を送り込む轟音が始まり、夜通し寝室にまで響いた。三昼夜連続の強烈な送風音であった。

翌年二月にマンションは落成した。

見上げれば、濃い弁柄色《べんがらいろ》の屋根の庇は青空を半分に狭め、朝日を受けて輝くクリーム色の壁には我が家を見下ろす白枠の窓、窓、窓……があった。

退職以来、いつも読書やコーヒーを楽しみ、心を解き放ち、遠い山並みを眺め、夜空を仰いでいた唯一のくつろぎの場所――ベランダは、三年足らずで役目を終えた。

その日から、私はガラス戸に厚手のレースカーテンをいつも引いておくことにした。

私が命名した「蝉の森」が伐採されて更地となった。北側に防風防雪林として、二十本ほどの木が等間隔に残された。その夏、無駄なこととはよくよく知りながら、幾度か耳を澄ましてみた。やはり、蝉の鳴き声を聞くことは、遂に無かった。

それ以後、住まいを取り巻く環境の変化は速さを増した。居住五年目には二十戸以上の新築住宅が我が家を囲んだ。家の前の道も完全舗装となった。身の回りから野趣が全く消えた。

近くに国道が新設された。そこへの近道として、我が家の前の道が知られ始め、にわかに車の往来が激しくなった。家を出ると、先ず第一に左右を確認する仕草が身につくまでになった。

さて、「終章　住環境――夜空」へと移る。

定年退職直後には、我が家は広い自然の中の一点景であった。それが築三十年で、その自然は都市化の波に完全に呑まれてしまった。

いまは平成二十五年の夏、六月である。視線を足元に落としても、もう野の草花は無い。水平視野にあった四季それぞれの自然は消えた。短い命を讃える虫たちの声も、野鳥たちの明るい囀りも絶えた。

残る自然はあるのか。ある。たった一つある。狭められた夜空に煌めく星影である。

ここに、「父と星の夜」の想い出を記す。

小学校四年生の夏のこと、音楽（当時の唱歌）の時間に、『初夏の夜』を習った。受け持ちの先生は歌詞を詳しく説明された。歌い込むうちに大好きな歌の一つになった。

だがどうしても理解できない歌詞があった。

空いっぱいの　星は皆
涼しく金に　　またたけり

この二行の中の「またたけり」である。父にこの意味を尋ねたら、頷いて、「そのうちに分かる」と言うだけだった。

深夜には、どの家もどの商店も雨戸を閉め、明かりを消して就寝する時代であった。子どもたちは八時にはもう寝入っていた。「空いっぱいに、金にまたたく星」を見たことは無かった。

初冬の頃だったと思う。ある真夜中に父は私を起こして防寒具を身に纏わせ、外に連れ出した。

漆黒の闇の大地に立った私は、その夜、生まれて初めて満天の星を仰ぎ、そのまたたきを見た。

——この夜空の想い出も、八十年の昔となった。

星降る夜に、父と子が手を繋いで空を見上げていたあの草原は、いまでもあるのだろうか。

第三章　ニューギニアの砂

ニューギニアの砂

冬には我が家の花畑から隣の野菜畑までが雪原となる。

日が経つにつれて、固くなった雪は快晴の空の下では白銀の光をまぶしく反射する。夕日が山の端に近づけば、ごく淡い朱色を流す。深夜には満月の光を吸う。

今年（平成十五年）一月十五日の午後四時近くに、私は燃え立つ茜雲の下で、日没寸前の逆光に輝く小さな雪原を眺めていた。

背後に、聞き慣れた足音が近づいた。中年の女性新聞配達員である。

「夕刊です」

「御苦労様」

私はいつものように軽く労って新聞を受け取った。

家に入って暖気に身をほぐしてから、夕刊のページごとに次々と見出しを追っていった。これもいつものことであった。

だが、中ほどのページに進んだとき、突然、私を六十年近い昔に引き戻す文字の断片が目に飛び込んだ。

「ニューギニア……兵士の遺骨……」

私の兄二人は、ニューギニアで戦いの果てに故国へ帰ることなく今も眠っている。

その記事によれば、

「太平洋戦争の激戦地、ニューギニア西部で亡くなった兵士たちの遺族のために」と、旭川市の税理士の方が現地から持って帰られた石や砂の提供を申し出ているとのことだった。

私の体が熱くなった。

(わずかでもよい。兄たちの魂の鎮まる海辺の砂に、この手で触れたい)

その夜、私は丁重にお願いの手紙を書いた。

就寝後も気持ちが昂揚していた。眠られないままに、兄たちのこれまでを思い浮かべた。

私たち兄弟四人全員は太平洋戦争中に兵士として戦場に送られた。末弟の私は、終戦の日（昭和二十年八月十五日）から十八日目に復員して根室の駅に降り立った。視野に広がる市街地の大半は焦土と化していた。その日から父母と共に三人の兄たちが帰国する日を待ち続けた。

幼いころから、岩手県山田町の同姓の家の養子として育てられた長兄は、満州の北西部で終戦を迎えた。日本の兵士たちは突如侵攻したソ連軍に捕らえられ、兄は苦役の末に厳冬の最中《さなか》に息が絶えた。自分の命が長くはないと悟ったとき、兄はわずかな頭髪を同郷の友に託した。

それを密かに下着に縫い込んだ友は、やがて辛うじて日本に上陸し、長兄の留守宅を探し当てた。その遺髪を迎えたのは、年老いた養父母と幼い子どもたち——三姉妹であった。

中の二人の兄が南方の戦線に送られたことは短い手紙の文面から想像がついていた。

終戦翌年の晩秋になった。そのころから、ラジオの「復員船の便り」が、めっきり少なくなり始めた。

ある日、兄二人は小さな軽い白木の箱となって家に戻ってきた。戦死地はニューギニアのビアクとゲニムであった。

(ひょっとしてどこかで生きているのではないか。二人の死が事実だとすれば、どんな最期だったのか)

この二つの問いかけは私の心の中で長い間消えなかった。その疑問が解けたのは、三十七年後の旅先であった。

昭和五十八年十一月のことである。私は札幌市大通地下街、オーロラタウンの紀伊國屋書店で、偶然、『防人《さきもり》の詩《うた》　南太平洋編』を手にした。軍の記録と生存者たちの証言から書き上げた本である。

その終章に、「ビアク島の激闘」が詳述されていた。全島にアメリカ軍の砲弾が雨と降り頻《しき》り、炸裂した。日本軍の立てこもるすべての洞窟は、火炎放射器によって焼き尽くされた。

次に「ゲニム」の記述もあった。アレキサンダー山脈の麓のジャングルを西へ西へと歩き続けた兵士たちは、極度の疲労と飢えの果てに、底なしの湿地帯にはまり、一夜にして消えた。

兄たちは二人とも、「戦って死ぬ」という言葉からは、およそかけ離れた姿で、この世を去っていたのである。


旭川在住の篤志家への手紙を投函した私は、ニューギニアの砂が届く日を今日か明日かと待ち続けた。

ある夜、テレビで『南太平洋——ニューギニアの自然』を見た。

深緑が天を覆う広大な密林、そこに棲む小さな生き物たち。見晴るかす群青の大海原、その上を真っ白い歯を見せてカヌーを漕ぐ逞しい青年たち。強烈な日光を反射するまばゆい砂浜、その渚を駆け回り、笑いさざめく輝く肌の子どもたち。

私の喜びは、快晴の二月二十二日の午後に訪れた。厚い封筒の切り口からは白磁の壺が覗いた。

左の手のひらに収まり、鈍い光を放つ壺の蓋を濃紺の台紙の上で開けた。ゆっくり傾けた口からニューギニアの砂が流れて小さな山を作った。

(兄たちはあの戦いを終え、六十年もの歳月をかけて海を越え、弟のいる家に帰ってきたのだ)

人差し指で砂に触れた私は、内から湧き上がる熱いものを抑えきれず、自然に手を合わせた。やがて深い安堵の気持ちが生まれた。

送り主への礼状を書き終えて家を出た。

あの驚きの夕刊を手にした時刻である。もう一時間近くも日脚が延びていた。雪原は、あちらこちらに畑の土が見え始めている。

待っていた新しい季節も近い。

ビアク島の夜空

私の人生ももう九十年近くになる。全く時の流れのままに生きてきた私の、薄れゆく過去の中に、消えたかと思うと、いつかまた大きく強く息づいてくる課題が一つある。それは三人の兄たちとの再会願望である。

兄たちは今、手元にある歴史年表の、「太平洋戦争　一九四一年〜四五年　死者三百十万人」という二十字ほどの文字の中にいる。

戦争が終わってすぐに日本軍隊の解体が始まった。私は富士山麓にある砲兵将校養成の重砲兵学校から、軍足（軍隊用の靴下）二足に詰めた白米を身から離さず、父母の待つ北海道東端の根室に戻ることになった。

相模湾の沖には米軍の大小の艦船が浮かんでいた。空爆に打ち砕かれた東京は不思議なほど静かだった。そこから立ち通しで、各駅停車の列車に揺られ、青函連絡船の甲板に身を横たえ、五日がかりで我が家に着いた。

その日から父母と一緒に三人の兄たちの復員を待った。倒れるばかりに衰弱して辿り着いても、すぐに我が家に入れるようにと、父母は夜も施錠をしなかった。一年が過ぎて、次々と父母の手に届いたのは、空っぽの小さな骨箱と命が絶えた戦場の地名であった。

長兄はシベリア、次兄は南太平洋に位置するニューギニア島中部のゲニム、すぐ上の兄は、同じニューギニア島西端のビアク島で戦死と書かれてあった。兄たちは母国から果てしなく遠い外地にいたのだ。

後に伝え聞いたところでは、長兄は極寒のシベリアでソ連軍の監視下の苦役に服しながら、息が絶えたそうだ。

昨日までの日本が消えた。明日の日本がまったく見えなくなった。ただ食を探し求めるだけの今日が続き、大きな混乱が巻き起こった。絶望とやり場のない怒りの捌《は》け口を誰もがどこかに求めた。二十二歳の私も、つい数年前に過ごした兄たちとの月日が思い浮かぶたびに、戦争に追いやった者たちへの抑えようのない怒りが膨らんだ。

やがて並木路子の『リンゴの唄』がラジオから流れ始めて国中に小さな温かい明かりを灯した。しかし今日一日をどう生きるか、それだけが頭を占める日々がまだ続いていた。

昭和二十五年（一九五〇）の夏、朝鮮戦争勃発による特需景気が日本経済の急浮揚のきっかけとなった。

渦を巻くような時代の流れと生活の激変に目を奪われながら三十代に入った私の心の隅から、「兄たちに会いたい」との気持ちが薄れていった。

昭和三十一年（一九五六）、国民所得は、二年連続して一割以上も増え、「神武以来の大好況」と言われた。にわかに普及した家庭用電化製品は、ついに我が家にもその位置を占めた。

私たち夫婦は、確実に家庭にまで浸透してくる経済成長の恵みを実感しながら二人の子どもを育てた。戦禍の思い出は消えてしまった。

だが、眠っていた兄たちとの再会の願望が、突然ある言葉によってはっきりと目覚めた。それは時の内閣総理大臣の、「もはや戦後ではない」との表現である。

「戦後ではない」どころか、兄たちの魂はまだ戦争を引きずって遠い外地から故郷に帰る日を待ち望んでいる。私は体力と気力があるうちに、どうしても三人の最期の地に立ちたかったが、実現は叶わなかった。父母は息子たちに思いを残しながらこの世を去った。

兄たちはどんな戦場で、どんな状況で命を落としたのだろうか。それだけは知りたい。

この人生、四十年近くも一つのことを求め続けていれば、いつかは何かが、かすかにでも見えてくるものである。

昭和五十八年（一九八三）、私が五十九歳の二月に、南方の上空に、日本初の実用通信衛星が打ち上げられて赤道上空に静止した。私にはその衛星直下の島にいる二人の兄が眠りを覚まして、日本にいる私に話しかけてきた気がした。

兄たちが更に私に近づいたのは、その年の十一月初めである。札幌の書店で『防人《さきもり》の詩《うた》　南太平洋編』という戦記を発見した。軍の記録と生存者たちの証言から書き上げた本である。南太平洋は兄たちの戦場だ。

その終章に「ビアク島の激闘」が地形図と共に詳述されていた。すぐ上の兄の島である。アメリカ軍は日本軍将兵が立てこもる総ての洞窟を火炎放射器で焼いては爆破していった。

次に、次兄が命を落とした「ゲニム」の記述と地図もあった。ニューギニアの大脊梁《せきりょう》山脈の麓の深いジャングルを西へ西へと武器も持たずに歩き続けた兵士たちは、極度の疲労と飢えの果てに、底なしの湿地帯にはまり、一夜にして消えた。

兄たちは二人とも、「戦って死ぬ」という言葉からは、およそかけ離れた姿で、この世を去っていたのである。

兄たちの死を戦記の中で知ってから二十年が過ぎた。平成十五年（二〇〇三）、私は七十九歳になっていた。その年、一月十五日の「北海道新聞」の夕刊が、兄たちへの思いをこれまで以上に強めることとなった。

旭川市在住の方が、太平洋戦争の激戦地、ニューギニア西部を訪れた。その際、現地から石や砂を持って帰った。「もし亡くなった兵士の遺族の希望があれば提供したい」とのことだった。私の体が熱くなった。

（わずかでもよい。兄たちの魂の鎮まる海辺の砂に、この手で触れたい）

その夜、私は丁重にお願いの手紙を書いた。

私の喜びは、快晴の二月二十二日の午後に訪れた。厚い封筒の切り口から白磁の壺の鈍い光が見えた。

壺は左の手のひらに収まった。私は蓋を開けた。ゆっくり傾けた口からニューギニアの砂が流れて濃紺の台紙の上で小さな山を作った。

（兄たちはあの戦いを終え、六十年もの歳月をかけて海を越え、弟のいる家に帰ってきたのだ）

人差し指で砂に触れた私は、胸の奥から湧き出てくる熱いものを抑えきれず、自然に手を合わせた。やがて深い安堵の気持ちが生まれた。

一昨年六月二十二日、すぐ上の兄の命日に、私はふと「一年に一度、四人で会う」ことを思いついた。場所と内容は、ただ一人、現し身《うつみ》である末弟の私が自在に取り計らうことにする。

まずは私たちの故郷、岩手県がいい。美しく静かで、海の幸に恵まれた山田湾を眺めながら昔を語ろう。

だが、その山田町が、昨年三月十一日の午後、大地震に揺すぶられ、大津波に呑まれた。私の夢も押し流された。

あの地獄の惨状から一年が経った。故郷の人達は、深い悲しみに耐えながら日々復興に立ち向かっている。未来を担う子どもたちの表情は明るく、強く〝絆〟を歌う。

ならば、私たち兄弟も、故郷での集いの望みを消してはいけない。しかし復旧の仕事に忙しい山田町を、今年だけは避けよう。

どこにしようか。温かく静かなビアク島の夜がいい。人里離れた丘の上で、星座を眺めながら――がいい。

兄たちと、ビアク島の夜空の下《もと》、ひと時をどう過ごそうか。

私が小学四年生の秋の夜、北斗七星の位置を教えてくれたすぐ上の兄は、時々、宮沢賢治の『どんぐりと山猫』を読んでくれた。もう一度聞きたい。勉強好きだった中の兄には、やはり賢治の『銀河鉄道の夜』の朗読をお願いしよう。きっと喜んで引き受けてくれる。長兄には夜空にまつわる『遠野物語』を方言たっぷりに語ってもらおう。

オリオン舞い立ち――次兄への詫び言も

私の人生ももう九十年近くになる。全く時の流れのままに生きてきた私の、薄れゆく過去の中に、消えたかと思うと、いつかまた大きく強く息づいてくる課題が一つある。それは三人の兄たちとの再会願望である。

兄たちは今、手元にある歴史年表の、「太平洋戦争　一九四一年～四五年　死者三百十万人」という二十字ほどの文字の中にいる。

（以上、平成二十四年高遠書房刊「文章歩道　春号」「ビアク島の夜空」より再掲）

父と母は僅か二年半のうちに私を含めて四人の子を太平洋戦争の戦場へ送り出し

た。

戦いは昭和二十年（一九四五）八月十五日に終わった。敗戦であった。私は富士山麓にある砲兵将校養成の学校にいた。数日して戦塵と硝煙が消えてゆく先に見えてきたものは、深く傷ついて声も無く、疲れ果てた私たちの国土だった。あの夏はそれまで体験したことのないほどの猛暑に襲われた。

汗と埃にまみれた軍服姿の私の胸に、北海道東端にある根室の街並みが浮かんだ。同時に父母が待つ我が家への帰心が滾《たぎ》るように募った。帰路の列車は焼け爛れた建物や疲弊した家並みの中をのろのろと走った。停車した山里の駅は、どこも静まり返っていた。四人兄弟のうち、まず家に辿り着いたのは末弟である二十一歳の私だった。

二年が過ぎた頃、三人の兄たちの消息が国から次々と知らされた。それぞれの小さな紙片には、息絶えた戦場名が記されていた。三人の瞑目の地は共に外地であった。長兄はシベリア、次兄はニューギニア島ゲニム、すぐ上の兄はニューギニア島西端のビアク島となっていた。

だが国の通知とは言え、親兄弟が現実に遺骨を迎え入れることなく、遺品に触れて語りかけることもなく、いったい、どうして肉親の死を信じられようか。

父は折にふれて、三人の兄たちからの数少ない手紙の束をほどいては読み直し、また丁寧に束ねては神棚のいつもの置き場所に戻した。

母は、近所の人から兄たちのことを尋ねられると、

「いまにきっと帰って来ます」

と、明るく強く言い切った。それが十年を過ぎた頃からは神棚に手を合わせ、小さな声での、

「みんなで帰っておいで、待っているよ」

という呼びかけに変わった。

やがてシベリアの長兄の最期が伝えられた。運良く選ばれて日本に帰還した兄の友人が、故郷岩手県山田町の養父母の家を探し当てた。兄は厳寒の最中《さなか》にソ連軍監視下の苦役に服し、体力を使い果たして亡くなったそうだ。

時は流れ、過ぎて行く。父母は未帰還の子どもたちへの深い思いを残してこの世

を去った。ニューギニア島にいるあと二人の兄たちの消息を確かめ、家に連れ帰って弔い、祀るのは、もう私しかいなくなった。


昭和五十八年（一九八三）、私は五十九歳になっていた。その十一月初め、信じるに足る「南太平洋戦記」を入手した。日米両軍の公的記録に加えて。数少ない生存者たちの手記も載っていた。それには次兄たちが行進しながら沈んでいったゲニム大湿地帯の地形図があった。ビアク島の戦闘のページには、すぐ上の兄が命を落とした日が、米軍総攻撃の一週間の中に入っていた。

更に二十年が経過した。私が七十九歳のことである。平成十五年（二〇〇三）二月二十二日の夕暮れ時、兄たちが眠る島の、海辺の砂を収めた白磁の小さな壺が届いた。現地まで出かけ、戦没者の霊を弔った方からのこのご厚意は、六十年近くも肉親の消息を求め続けてきた私にとって、天与の恵みであった。

しみじみと命の砂に触れながら私は考え続けた。兄たちは祖国日本から遠く遠く離れた異国の地に、余りにも長く止まり過ぎた。

「シベリアの永久凍土の下に、長兄をこれ以上眠らせてはならない。ニューギニア島の集落ゲニムの湿地帯から次兄を救い出そう。火炎放射器で焼け焦げたビアク島の暗い洞窟は、すぐ上の兄の居る所ではない」

深夜になって、二月の星空を仰いだ。

「三人の兄たちの居場所は、今日からは夜空に輝くオリオン星座だ」

オリオン星座――太平洋戦争が激化した昭和十九年（一九四四）十一月のことである。二十歳になった私が召集される直前、偶然手にしたのが、従軍詩人大木惇夫の詩集『海原にありて歌へる』であった。この海原とは南太平洋を指す。その「遠征前夜」で、

参宿《オリオン》は肩にかかりて

と、宿営地での星座と詩人の位置を見事に歌った。

私が住む北国ではオリオンは南の空に輝く。詩人が派遣されたジャワ島と兄たちの島は共に赤道に近く、この星座は頭上に煌めいていたのだ。

夜ごとの星の瞬きに、詩人や兄たちの望郷の念は無限に募っていったことだろう。

詩人は「遠征前夜」でこう歌って詩を終えた。

郷愁は烟のごとく
こほろぎに思ひを堪えて
はるかなり、わが指《さ》す空は

戦いが終わって二年目、昭和二十二年（一九四七）七月、荒ぶ世相の中に、堀内敬三訳詞・ヘイス作曲の『冬の星座』が夜空を美しく歌い上げた。それは、オリオンの姿と勢いを、

オリオン舞い立ち

と、壮大に表現した。

大木惇夫は「赤道ちかきあたりにて」の詩に、次の二行を添えた。

　母のごとく、
　大空は安し、静けし

そうだ。三人の兄たちが永遠に憩うのは、あの星座だ。オリオン星座だ。


さて、ここで、私は次兄に詫びなければならないことがある。

昭和初期の経済不況の波に呑み込まれた父は、岩手県山田町から北海道根室町への移住を決意した。途中、盛岡に寄って、「家計に少し余裕が見えるまで」と、ごく親しい友人に次兄の養育をお願いした。次兄は小学六年生だった。

ある日、その次兄から、四年生と二年生の私たち宛に本が届いた。『どんぐりと山猫』と書いてあった。父の話では、郷土の童話作家宮沢賢治の作品とのことだった。父が早速書いた礼状を兄弟二人でポストに入れた。

家に帰ると兄は畳に腹ばいになって、「読んであげる」と言った。私は兄の背中を枕にして聞き耳を立てた。

——山猫から下手くそな字の案内状を受け取った一郎は喜んで谷川に沿った道を登っていく。栗の木や笛吹き滝の次に、ぶなの木の下でたくさんの白いきのこが、どってこどってこどってこと、変な楽隊をやっていた——。

この「どってこ」という、初耳で滑稽な表現に、私と兄は笑い転げた。横腹が痛くなるほど笑いこけた。兄の朗読はそこで終わった。私の抱腹絶倒が原因だった。

つまり次兄から送られた『どんぐりと山猫』は読んではいなかったのである。

この童話を実際に読み通したのは、七十七歳の時で、宮沢賢治の故郷花巻のホテルの夜であった。その翌日、私たち兄弟四人の生地、山田町で長兄の墓前に手を合わせた。

私は九十という年齢に近づくにつれ、視力の衰えから、過去の文学作品をＣＤで聴く時間が多くなった。今は市原悦子さんの朗読、『どんぐりと山猫』に耳を傾けている。

自在な緩急と強弱、絶妙な間《ま》の取り方が醸し出す空気と色合いは、やがて私をも童話の山里に導く。二十分ほどのこの時間が、老いの身には限りなく温かく楽しい。

また冬が来た。夜空に瞳を凝らす季節だ。

愛唱歌、『冬の星座』は、今もなお、私の心の奥処《おくが》に清冽な伏流水となり、市原悦子さんの朗読による『どんぐりと山猫』の温もりと共に、三人の兄たちを偲ぶ縁《よすが》となっている。

第四章　かろき着地かな

機内にて

ここは北海道東端にある小さな中標津空港である。北方領土に近く、六月初旬とは言え、流れる濃霧に肌寒さを覚える。機影は新千歳空港行き七十四人乗りボンバルディア旅客機、一機のみだ。

私はこの小型機のシートにいた。双発プロペラの回転音が高まる。全身に小刻みに振動を受けながら、午前九時二十分の出発を待っている。

この旅立ちは、妻を同伴しての年に二度か三度の観光旅行ではない。バッグに夫婦の周遊券はない。あるのは我が身だけの搭乗券——片道切符だ。この飛行は、九十歳にして突然直面した遠距離転居への出発である。

妻は一年半前に急逝した。北海道中央部札幌圏にある市に住む長男夫婦は、卒寿を迎えた父の、独り身の日常を強く案じた。

心身機能下降の道をはっきりと自覚している私である。その行く末は自分自身の目によく見えている。先の短い親として、子どもたちの心配を少しでも減らさなければならない。私は同居を決意した。

プロペラがフル回転に移り、機が走り始めた。人生終末期へのスタートでもある。背中が強くシートに押しつけられた十数秒後に、身が軽く宙に浮く感触が伝わった。滑走路から車輪が離れたのだ。その瞬間、四十年近くも住み慣れたこの町との決別をはっきりと実感した。

摩周湖上空で水平飛行に移ったボンバルディア機は、釧路空港上空を過ぎ、十勝平野の真上を飛び続けた。

高い高い大空の、深く濃い青。遠い遠い地平に湧く雲の純白、眼下には広大な沃野の緑。機は単純明瞭な色彩の空間に停止し、浮かんでいるかのようだ。

視線を窓外にやり、無言で同じ姿勢を長く続けていると、やがて日常には無い想が湧くものだ。

心に細かな波動が生まれ、即座には答えられようもない小さな自問が、次々と生まれることさえある。これを自由にまかせておくと、そのいくつかは人生へのおぼろげな問いにも似てくる。空の旅ならではの心のさざ波だ。

「全く新しい環境で生きようとしている老いの身の、今の命の色は何か？」


やがて遠くに見えてきた山並みは、北海道を南北に走る分水嶺――日高山脈だ。山並みを越えるとアナウンスが聞こえた。機が下降の姿勢に移るとのことだ。いよいよ新千歳空港着陸の瞬間が近い。

妻の他界から昨日までの一年半は、会話と物音の消えた家にいた。今日の午後からは、明るい生活の音に溢れ、絶えず生き生きと言葉が交わされる家に身を置く。

妻が望みながら、ついに抱くことができなかったひ孫は、四つん這いで私の部屋に入ってくるだろう。その近づく摺り足の音を楽しもう。

もう成人となっている孫娘たちがいる。たがいに交わすスピーディーで省略が効いた会話の流れから、世相を映す新鮮な話題を知ろう。聞き慣れない新語にも耳を傾けよう。

家庭を支え、一日一日の生活を生み出す力となっている我が子夫婦の短く確かな指示や教えも、時々響くことだろう。

滑走路に車輪が触れ、ブレーキの強い利きを全身に受けた。国際線を持つ新千歳空港着陸である。

今朝まで住んでいた疎の町並みから密の都市に身が移った。交通網のスピードが緩から急への環境に入った。

これから住む札幌市のベッドタウンには、家族と私の弟夫婦以外にひとりとして知る人はない。その不安を持つ私を、柔らかに包んでくれるのは町の美しく優しい呼び名「恵み野」である。それは住民の誰もが口にする「花の町」だ。

今日を境に、新しい暮らしは、独り過ごした無彩色の重い日々から、家族と共に描く有彩色の新鮮な毎日となる。

明らかに、私は人生の新しいページをめくった。

ターミナルへと移動し始めた私たちの機の窓外には、絶えず離着陸する国内外の大きなジェット機が次々と見える。

我が身を運び、我が人生の転機に立ち会ってくれたのは、この小さな双発プロペラ機だ。十勝平野上空で、「今の命の色は？」の問いかけがあったのもこの機内のシートだ。

機が停止してドアが開いた。ステップを降りた私は、振り返って、ボンバルディアの姿をしっかりと瞼の裏に収めた。

行く雲に寄せて

「開かずの窓」――加えて、「春夏秋冬、厚いカーテンに閉ざされた窓」と、表現を深めると、どこかミステリーめいて、ふっと心が吸い寄せられる。

それは真南に向いている我が書斎の窓のことである。正確には「開かず」ではなく、「開けずの窓」がよい。

壁面の八割を占めるこの大窓のカーテンを開けたのは、事実、入室第一日の、わずか数分だけである。

息子夫婦は九十歳を過ぎた私のために、同居を勧めるに当たって、書斎兼寝室として家族の居間に隣り合わせてこの部屋を作ってくれた。

夏の快晴の日の転居であった。空の青さが濃かった。

これからの余生の日々を託す部屋に初めて入ると、まず目に映ったのはカーテンであった。

地は淡い丁字《ちょうじ》色だ。近づくと、ごく小さな五弁の花びらがあちらこちらに控えめに白く浮かんでいた。ほどよい点在だ。息子夫婦はカーテンの配色にもよく気配りをしてくれた。

私は誘われたように、カーテンを左右同時に勢いよく払った。窓ガラスに映ったものは、狭い道路を隔てたお向かいの住宅の壁面であった。

見上げると、その二階建ての住宅の屋根は、急勾配で高く空に駆け上がっていた。更に続いてその上には、頑丈な鉄柱の骨組みを露わにして、数枚の太陽光発電パネルが背を見せ、空を狭めていた。

我が書斎の窓は、輝く広い青空を見せなかった。私はカーテンを閉じた。

入居第一夜が明けた。早朝である。

ベッドの壁際のカーテンを開けた。真東の視野で、そこには遠くまで見通せる空があった。

快晴だ。日の出が近い。細長いちぎれ雲が二つ三つと茜色に輝いていた。

この窓の遠い遠い先には、つい昨日まで――九十年近くも住み慣れた市や町がある。お世話になった数多くの友人や知人がいる。この窓は、ことあるごとに思い出を誘うだろう。

私の心に、「東雲《しののめ》の窓」という呼び名が浮かんだ。


この新築の香りいっぱいの書斎の主となった日から春夏秋冬が巡り巡って、もう四年を数える。

路上の歩行は杖を頼りにするようになった高齢のこの身である。外出は極めて少ない。ほとんど書斎で心の赴くままに一日を送る。

こうして、「東雲の窓」から雲を眺めることが多くなっている。

ある日、窓辺で子ども心に戻って、

「すじ雲・うろこ雲・いわし雲・ひつじ雲・雷雲・雪雲・雨雲・わた雲・ちぎれ雲・

巻き雲・入道雲・豊旗雲」

と、指折り数えていたら、続いてリズミカルに「青い空　白い雲」と口をついて出た。たしか小学校の習字のお手本にあったような気がする。

一つの行く雲が、一つの遠い思い出を生む。思い出は年を経るごとに、鮮やかな虹色の輝きを増し、繰り返すごとに、その美しさの度合いが高まる。

思い出という言葉は、古めかしい語感を持つ。過去のことだから当然だろう。だが私が高齢のせいか、古めかしさを感じない。むしろ浮かんでくる思い出の一つ一つに、いつも明かりが点り、豊かな財産になっている。

長い人生を振り返ると、極めて厳しい現実と真正面に向き合い、真剣に総身《そうみ》で取り組んだ日々が私にもあった。

その渦中で襲ってきた恐れも痛みも今は消え、行く雲を縁《よすが》として懐かしく、繰り返し思い浮かべている。

懐古は私の心の栄養だ。

藤沢市にお住まいの知人、卯木堯子さんの一句。（句誌『春燈』平成二十九年九月号掲載）
総身もて翻るなり夏の蝶　　堯子

追記
四人兄弟で末弟の私だけが、太平洋戦争の生き残りである。

まだ祖国に帰還していない兄たちとの語らいの場を私はオリオン星座に決めている。

毎夜、就寝前には、丁字色のカーテンを背にして置かれた大型のパソコンモニターに、リアルタイムのオリオンの三つ星を映し出して祈る。

四年間、欠かさず続けているうちに、「開かずの窓」を、いつか「オリオンの窓」と、呼ぶようになっていた。

かろき着地かな

北方領土に近い北海道東部の町から、三〇〇キロメートル離れた札幌圏の一都市に転居することになった。同居を勧める長男夫婦の強い願いからである。

独り暮らしの日々を送り迎え、心身共に衰えていく現実を敏感に体感している九十歳の私は、高齢者の常で、いまの環境の中に更に深く身を沈めていたい気持ちが募っていた。

残された人生はごく短い。人口稠密の都会の生活に、果たして順応するだろうか。生活の中に、自分の立ち位置をわずかでも見つけ出し、ささやかであっても純粋な喜びをいつも感じながら生きることができるのだろうか。

六月七日、独り旅を案じる根室市の長女に付き添われての空路となった。新千歳空港のロビーに、迎える長男の姿があった。

これからの生涯を過ごす部屋は、高齢の私が暮らしやすいように隅々までよく工夫されていた。

もうとうに忘れていた、親子、孫たちとの賑やかな昼食をゆっくり味わった。家族の笑いの中で私の食欲も進んだ。私自身の大きな笑い声も、この耳で聞いた。昨日まで心に巣くっていた暗さが消えていた。

食事を終えて、身の回りにある小物の整理に手を働かせた。壁のはめ込み棚を見ると、水差しや湯沸かしポットと並んで、真新しいコーヒーメーカーがあった。目を移すと、私の好むデザインのカップとソーサーも揃えてある。

午後三時だ。自然の成り行きで、この部屋での初めてのコーヒーブレークに移った。

憩いのひととき、新しい椅子の背に体を深くゆだねていると、通りに車の往来がほとんど無いことに気づいた。望んでいた静かな環境だ。

突然チャイムのメロディーが大きく響いた。時計の針は午後四時、曲は『七つの子』だ。毎日同じ時刻に子どもたちに帰宅を促すのだそうだ。

「カラス　ナゼ鳴クノ……」

野口雨情作詞・本居長世作曲のこの歌も私も、共に大正生まれだ。童謡はいつも人々を心のふるさとに導く。これからは、この地域に住む人たちと懐かしさを日々共有することになる。

その夜、新しいベッドで、就寝直後から朝まで熟睡した。

翌日、トラック積載の荷物が到着した。家族と手伝いの方々が、荷ほどきをしておおよその配置を終えた。差し当たり必要のない物はクローゼットの高い棚に、箱のまま押し込んでもらった。

三日目の早朝に、初めて玄関のドアをゆっくり押し開けた。幾分おどおどと、新しい外界を覗き見る姿である。夏の朝のすがすがしい外気に触れながら、向こう三軒両隣の個性あふれる美しい花壇を見て回った。

振り返って我が家を見直すと、間違いなく、閑静で清潔な都市型住宅街の一軒であった。

四日目のことである。

当てもなく短い距離を歩いてみたくなった。未知の道に導かれるままに右に折れると、突き当たりに緑の小山があった。その低い門柱に「おおぞら公園」のプレートが見えた。

頂上にある小さく簡素な四阿《あずまや》の陰から、よちよち歩きの女の子が現れた。私のひ孫と同じ満二歳ほどの幼子だ。続いてその子の背に両手を添えるようにして笑顔の若い母親の姿が見えた。移転後、最初に出会った微笑ましい風景だ。心が和み、惹かれて近づいた。

「この子は七万人に近い市民を代表して、真っ先に私を迎えてくれたのだ」

私は胸の底から温かい笑いがこみ上げてきた。手を高く挙げて応える私に、母と幼児も手を振りながら小山の陰に消えた。

その日の午後四時、町に響くいつものチャイムのメロディーを聞いた。私は家に帰って行く子どもたちを思い描いた。その絵の中に、あの幼児をも置いてみた。

五日目の朝食後、少し遠出をした。公園の近くから四階建ての幅広い建物が見えたからである。近づくと、「福祉リハビリテーション学院」であった。

いま八時半を過ぎたところだ。男女の若者たちの軽快に歩む姿が続く。学院の玄関へと急ぐ学生の群れだ。

「昨日は幼児のいる温かい風景を見た。今日は高齢化社会を担う若者たちの、朝の清新な姿を目にしている」

学院の前は、遙か先まで直線の銀杏並木となっていた。「ここを明日からの私の散歩道としよう。名前を何と付けようか」

この美しく長い道に直交して、桜街道とナナカマド街道が平行しているそうだ。これから一年をかけて、四季それぞれのこの街の表情の中に、ゆったりと身を置く喜びが湧いた。

私は五日前に、四十年近くも住み慣れた町から、重い気持ちで飛び立った。だが今は、残りの人生を託すこの遠隔の都市に、かろやかに着地していたことを実感した。

藤沢市にお住まいの知人、卯木堯子さんの句集『カンタービレ』より。


さみどりの蜘蛛の子かろき着地かな　　堯子

――添え書き――


独り身の引っ越しだから荷物はさして多くはない。

だが夏が過ぎ、銀杏並木の金色の葉が落ち尽くした現在でも、まだ出てこない日用の必需品が一つある。それは手によく馴染んだ「類語大辞典」だ。

折々滴る心の雫に、ふさわしい表現を文字として捉えるまで、このページからあのページへと飛び歩く。

大辞典の広い天は、やがて多色の付箋や好みの栞が増え、私の散策の跡を見せて楽しい。この愛読書がまだ机上に無いのだ。

いま灯火親しむ候。「大辞典」が現れる日まで、今宵も電子辞書の冷たく硬い蓋を開ける。
小さなキーボードをタップし、液晶パネルに写る「類語例解辞典」で、これぞと思う表現を求め続ける。付箋も栞も、瞬時の味気ない電子操作で終わる。思いを込める暇はまったく無い。
やがて深更、月の出。

また卯木堯子さんの句集『カンタービレ』より。

月白やピピピと鳴かす電子辞書　　　　堯子

小さな散歩道

五月下旬である。近いうちに函館のひ孫姉妹が親の車でここ道央の恵庭市の我が家に来るという。

下の子は生後六か月である。

私のｉＰａｄには数日前に送られてきた画像がある。うつぶせから、思う存分背を弓なりに反らし、手足を勢いよくばたつかせる姿が映っている。拡大して見ると、力みから頬が真っ赤だ。こうなれば、腹ばいから四肢で部屋の中を動き回る喜びを体感するのも近いことだろう。

その姉は幼稚園の三歳児だ。

運動会が近いとのことである。大勢の観客席から湧き上がる声援と拍手を受けて、幼いながら、自分の二本の足で大地を精一杯駆けることだろう。


このひ孫たちを迎える曾祖父の私はどうか。

老いの進行から歩行がきわめて頼りない。小走りなどはとうの昔に忘れた。絶えず気をつけていなければ、道の少々の凹凸や僅かな段差でもよろめくことがある。

二年前の六月にそのことを知った息子は、早速杖を購入してくれた。歩行を避けて家に引きこもりがちになることを気遣ったからである。

息子の配慮を受けた私は、取り敢えず近くの道で使用してみた。杖さばきは予想とは違って、実際にはなかなか難しかった。道で会う誰もが、「杖の不慣れな高齢者」と私を見たことだろう。

散歩を終えて家に入り、杖を離そうとしたら、握りしめていた右手のどの指もすぐには開かなかった。午後には手首に小さな痛みを覚えた。夜になって右肩に少々の凝りを感じた。

散歩の際の杖さばきが、様《さま》になるには、これからしばらくかかることは間違いない。

杖を使っての歩行練習に、なるべく人も車も少ない道を探し始めた。

一か月経って、家のごくごく近くに最適の散歩道を発見した。それは長い平屋造りに添う道である。建物は一五〇メートルほどもあろうか。

帰宅して家族に話すと、

「それは『ハイテク・エコ・アスリート・インドアスタジアム』と呼ぶスポーツ練習施設」

と教えてくれた。

世界レベルの短距離選手、福島千里さんのホームスタジアムで、スタートダッシュの猛練習を繰り返してしていることで知られているそうだ。

福島選手はロンドンオリンピックで陸上女子一〇〇メートル代表だった。国内や国際選手権大会に出場以外は、あの建物で練習をしているとのことである。

その夜、幸運なことに、スタジアムの中で、絶えず爽やかな表情で激しい練習を繰り返す福島さんをテレビで見た。翌朝には、地元新聞に、笑顔で両手を腰に添えた全身像の写真と詳しい練習メニューの記事が載っていた。

それを知ってから、私の散歩の気構えが変わった。私が杖を片手にして歩いている道の壁一重隣では、世界レベルの若いアスリートが命を燃焼させている。

ここを通るときは、心の中で福島選手に声援を送ろう。私は素朴に「小さな散歩道」と呼ぶことにした。

福島千里さんならぬ私のこの二本の足は、超長距離で曲折の多かった「人生という名の道」を歩み続けてきた。

大正に生まれた私は、昭和の戦前・戦中・戦後から平成の現在まで、激しい起伏にも直面した。

その時代を歩んできた足である。歩み疲れての老化衰退は当然だ。

いま私には一つの希望がある。

わが子から贈られ、二年間も老いの身をしっかりと支えてくれているこの杖を頼りに、三つ足で、あと少々は今の世を歩んでみたい。

小さな散歩道

今日は晴天だ。

私はいつもの小さな散歩道にやってきた。近頃は杖の握り具合やさばきにも余裕と遊びが出始めた。

心が軽くなった。

「朝には四つ足、昼には二本足、夜には三つ足で歩くものは何か？」

と、問いかけるスフィンクスの像が浮かんで、小さな笑いが込み上げてきた。

ひ孫たちに会う日も近い。

転居一年小景

北海道東部の自然豊かで静かな町から、息子の家族と私の弟夫婦以外に知る人のいないこの恵庭市に転居して一年になる。

札幌圏にある都市だから、いつでもどこでも数多くの人たちが目に映る。

例えば、朝には大学や福祉リハビリテーション学院、ハイテクノロジー専門学校へと急ぐ学生の群れが見える。若者たちの歩む姿は美しく、表情はすがすがしい。昼に近いショッピングモールをゆっくりと歩いてみる。どのエリアにも和やかな家族連れが絶えない。幼児も高齢者も笑顔だ。日没近くに踏切に立てば、新千歳空港と札幌市を結ぶ快速電車「エアポート」の窓々には、旅客のシルエットが映る。

この学生の群れも、ショッピングを楽しむ人たちも、旅人たちも、望めばいつでも私の視野に入る。だが言葉を交わすことはない。心を通わすことはない。私にとってはすべて遠景である。

この恵庭市での生活は一年前の初夏のある日から始まった。息子に連れられて市役所での転入手続きがすべて終わった。

私は間違いなく恵庭市民である——そう自分自身に言い聞かせても、日が経ち月を越えても、ふと立ち寄った旅先の感覚が消えなかった。

このようにしてこれから先の日々を重ねていくのだろうか。遠く離れた知人友人や仲間との来《こ》し方を偲びつつ、独り、口をつぐんだまま余生を終えるのだろうか。いつも心が晴れない。暗さが暗さを呼ぶ。

だが九十年を超えるこれまでの人生で、暗闇を手探りで歩き続けていると、やがては必ず小さな光が見えてきたものだ。つまずいて転倒寸前の姿勢が、そのまま勢いのついた好スタートに変わることさえあった。

夏の終わりのある日、息子夫婦の手続きで少数の高齢者集団のひとりとなった。

それは老人の寝たきりを避ける機能訓練専門デイサービスの場であった。

真新しく明るいルームで、週一回、下肢強化トレーニングに三時間を過ごす。

その集団は偶然にも私の望みを受け入れたかのような人数と構成であった。トレーナーは平成の世に明るく学び育った若者が三人、訓練を受けるのは昭和生まれで七十歳前後の男女七人、それに大正生まれの私であった。

全員が訓練メニューを終えると、お別れ前にいつも十五分ほどのコーヒータイムがある。みんなが笑顔だ。堰を切ったように昔話が始まる。

昭和の世相や風俗あれこれが話題となる。平成の若者たちは聞き上手だ。三人の短く歯切れ良い問いかけに、話がテンポ良く深まっていく。古い時代が新鮮に浮き上がる。

――昭和の糸に平成の糸が紡がれるひとときだ。この憩いの小景を私は心の底から楽しんでいる。

こうして恵庭市に十人の身近な人たちが生まれた。

この一年で、友人がもうひとり増えた。とは言っても、相手は私を知らない。私も相手を知らない。心の友である。

それは中米グアテマラ国、グアヤボコーヒー農園主のドナドさんだ。

私はここ恵庭市に移ったとき、心に強く決めたことがある。

これまでの生涯で、毎日気軽に使い捨ててきた時のかけらを拾い上げ、そこに新しい楽しみを発見したい。生活の片隅の小さな時間の中に、高齢のこの身をゆったりと置いてみたい。そのかけらの一つが朝のコーヒータイムである。この地に移るまでは、コーヒーと言えば、購入はスーパーでの特売日を狙った。格安で一定期間増量という赤く派手なラベルを貼り付けた粉コーヒーの袋に手をやった。それを二つ三つと無造作にカートに放り込んだ。仕事をしながらのコーヒーは、それらしい色と好みに近い苦さがあればよかった。

私はコーヒーのひとときをゆっくり過ごすことにしようと、淹れ方を変えた。地元にある自家焙煎の通販専門店から豆を取り寄せた。

朝、自分自身で豆を挽く。ドリッパーにフィルターをセットし、粉を入れる。細かに揺すって粉の面を平らにする。お湯を注いで膨らみと香りを待つ。

さてその豆を生産しているのがグアテマラ国でコーヒー農園を経営しているドナドさんだ。

ドナドさんはあまり肥沃でない傾斜地で、少しでも良い豆をと、努力しているそうだ。このことを焙煎店のホームページで知った。ページの片隅に、名刺よりやや小さめの写真があり、農園で仕事をするドナドさんが写っていた。

いつも朝一番のコーヒーを淹れると、心の中で、

「ドナドさん。頂きます」

と、挨拶をしてからカップを手に取る。そのとき遠い遠い国のドナドさんとの距離が消える。

長い人生には、こういう心の友がいてもよい。

私はドナドさんを身近な人のひとりに加えている。

この角を曲がれば——転居二年小景

八十五歳を過ぎたころから、体のあちらこちらに急に老化の兆しを感じ始めた。加えて、これまでにない行動の鈍さを自覚することも多くなった。

起床時には今日これからの自分を励まし、就寝時には明日の健康を祈った。そこにはもう未来とか希望とかいう明るい言葉が消えかけていた。

体力の維持や体調の調整については私たち高齢者にふさわしいトレーニングが一般に熟知されている。あとは日常のわずかな注意を実行すればよい。

心の老化を抑える方法はどうだろうか。テレビで高齢者対象の健康番組をよく見る。その録画を繰り返し見ては我が身に問いかけている。はっきりしているのは、脳は何か手立てを講じなければ徐々に萎縮が進み、やがて自意識が失われ、眠りへと沈んでいくことだ。

いまはさして日常生活に不自由を感じてはいない。だがやがては老化が速度を速め、この健康状態を追い越し、ついには我が身と心を消し去ってしまうだろう。

不安とあせりが、いつも頭の片隅を占めるようになった。

こんなことではいけない。


そこで、私は元気なままでの到達点を作ることにした。ただし、いつでもはっきりとイメージできる「絵」としてである。

自己診断では、現在の健康状態ならば、これから三年後までは生きられるだろう。三年後――そのときの年齢を我等が先人は「賀の祝い」の心を込めて「米寿」と名付けてくださった。

それが絵にならないか。私は「峠」の一字を加えてみた。この漢字は文字の組み立てからしても、意味が見えてくるし、絵になりやすい。納得して「米寿峠」を心のキャンバスに描いてみた。

その峠を望みながら、これから三年間だけならばこの身でも旅路を歩むことができる。気が軽くなった。

この発見の喜びを味わっていると、次の、わずか二年後に訪れる「卒寿峠」までもが小さく輝いて見えてきた。

不思議なことに、その日から体の動きが軽くなった。日中、仕事や趣味に前向きになった。熟睡の夜が続いた。長く病床にある妻との会話にも笑いが多くなった。どんなに高齢になっても、心のありようが身を動かすことを改めて知った。


米寿峠に辿り着いた。

その十一月に初ひ孫が生まれた。だがすぐに会うことはできなかった。私たち夫婦が住むのは北海道東端で、ひ孫は函館である。妻と私は、ひ孫という新しいいのちをそれぞれの胸にしっかりと抱く日を楽しみに待つことにした。

それから五十日後の朝、妻は急逝した。遠く函館から親に抱かれてやってきたひ孫は、棺の中で静かに眠る曾祖母の傍で一夜を明かした。

その二年後に私は卒寿を迎えた。

独り身の日々を送り続けている私を心配した息子夫婦は同居を勧めた。その家は札幌市に隣接する恵庭市にある。

今年の夏で転居二年目となる。静かで清潔なこの住宅地域は、名も良し、「恵み野」である。緑と木と花の街で四季の装いを鮮明に映す。

この角を曲がれば、すぐに緑の小高い丘の公園が見える。その角を曲がれば、いのちの輝きを見せる樹木の、若々しい立ち姿が並ぶ。あの角を曲がれば、誰彼を問わずに、訪問を笑顔で迎えてくださる家々の、花の庭がある。

歩めば次々と美しい小景が現れる。いまでは私の脳裏に恵み野の絵地図がある。


私は九十二歳となった。

先人は、更に遙か彼方に「賀の祝い」を用意してくださっている。「白寿」と、「茶寿」だ。

だが私は次の峠を望むことはない。これからはこの街にいて、巡り来る四季の中に身を置くことにしている。

ここが私の「終《つい》の栖《すみか》」だ。

ただ一つ小さな願いがある。

都市の住宅密集地は屋根の庇の直線が空を大胆に限り、太陽光発電の黒いパネルが無感動に空を隠す。

晴れた日、広い広い野原に出て、満天を仰いでみたい。そこに浮かぶ白雲に呼びかけてもみたい。

藤沢市にお住まいの知人、卯木堯子さんの句集（平成二十七年六月号俳句誌『春燈』掲載）より。

雲の地図掻き潜りては鳥帰る　　堯子

空いっぱいの星は皆

九十年を超える我が人生の流れの途中に、「自然礼賛の二年《ふたとせ》」と呼んでいる憩いの岸辺がある。その日々は年を経るごとに輝きを増し、懐かしさが深まってゆく。

それは六十歳定年退職を機に建てた家での二年間である。

その家は北海道東部の町の郊外に位置し、私が若い頃から理想としていた大自然の中にあった。

南向きの我が家のベランダからすぐに野原が続いた。秋の夜には、明かりを消してガラス戸を開け、草むらに集《すだ》く虫の声に心ゆくまで耳を澄ました。冬は朝日に輝く新雪の野に、キタキツネの足跡を辿った。ひと足、ひと足、雪の踏み締まる音を楽しみながら歩いた。

背後には鬱蒼とした森があった。晴れた夏の日の午後、時の経つのを忘れて花畑の草むしりをしていると、何かが耳に軽く触れて地面に落ちた。蝉であった。私は両手で小屋を造り、森に運んだ。

その日から、そこを「蝉の森」と呼ぶことにした。森では小鳥たちが賑やかに囀っていた。カッコウの声が季節を伝えた。霧雨に煙る日の森には、深い静けさがあった。私は小《お》暗い小径を散策した。

家の上にはいつも広大な空があった。私は殊に星空に魅せられた。

根室の町の小学校四年生のときだった。『初夏の夜』という題名の唱歌を習った。その歌詞の二行に、「空いっぱいの星は皆／涼しく金に瞬けり」という二行があった。受け持ちの先生は「瞬く」の意味を繰り返し教えてくださった。だが私には理解できなかった。帰宅して父に尋ねたら、「そのうちに」と、そっけないひと言が返ってきた。

その年の初冬のある深夜、父は私に防寒具を纏わせ、近くの丘に連れていった。

漆黒の闇の大地に立った私は、父と手を繋いで、生まれて初めて、満天の星の「瞬き」を見た。

あのとき、父と仰いだ星々の大空が、いま我が家の頭上にある。


だが理想どおりのこの環境は、僅か四季二巡で消えることとなった。

三年目のことだった。ベランダを塞ぐようにして二階建てマンションが建った。その秋には虫の声が絶えた。更に翌年から二年がかりで蝉の森が伐採されて畑地となった。鳥たちの姿が消えた。

五年後には我が家の周囲に数十戸の家が建ち、近くに国道ができ、車の往来が激しくなった。十年経つと、夜まで客足の絶えない大型商業施設が建ち、終夜、防犯灯を照らした。

こうして、「終《つい》の栖《すみか》」として建てた我が家に残る自然は、周囲の建物に狭められた四角な天空だけとなった。晴れた夜、私は就寝前にいつも庭先で狭い空を見上げ、知っている限りの星座名を指さして称呼した。

空いっぱいの星は皆

ある朝、長く病床に伏していた妻が他界した。私の残り少ない人生の流れが変わった。

いま私は、札幌圏にある恵庭市の息子夫婦の家に住んでいる。あの「終の栖」から遠く離れて二年になる身である。

息子がいろいろと工夫して建て増しをしてくれた私の部屋には、南向きの大きな窓がある。

ここは住宅密集地域だ。お向かいの家の、豪雪を効率よく滑り落とす急勾配の屋根と、その上に取り付けられた数枚の太陽光発電のパネルが空を覆っている。

時は流れる。

ようやく自分自身の現在を静かに見つめ、受け入れることができるようになった。

空の見えない窓にも慣れた。

同時に、秋・冬の星座名を指呼し、自然を礼賛する夜のひと時への憧れは募ってゆく。

第五章　タップとアイボ

タップとアイボ

姓は嵐丸（あらしまる）、名は龍風（たっぷう）。

この呼称が柳生石舟斎、宍戸梅軒、岩間角兵衛、辻風典馬、祇園藤次などの俊傑の士に紛れ込むと、剣豪宮本武蔵と対決した人物の一人で、関ヶ原の合戦では野武士たちを束ねた一方の智将かと推測しても、さして不自然ではない。

だが嵐丸龍風とは、平成八年に函館教育大学在学中だった孫娘が、飼って命名した黒猫のことである。今は孫娘の両親――根室市にいる私の娘夫婦のもとで、家族の一員の役目を果たしながら静かに日々を過ごしている。性格は極めて温厚だ。この猫への親族一同の呼びかけは、「タップ！」である。

うたた寝から醒めた後、思いっきり肢体を伸ばせば、手先から足先まで一メートルになる。腰を落とし、前脚を揃えて立て、気品高く胸を張れば、床から頭まで四〇センチ、そこから、よく動く耳の先までは更に三センチほど高くなる。

孫娘によれば、「星占いと干支《えと》はおじいちゃんと同じ」とのことだ。こう言われると他人とは思われない。我が同胞《はらから》だ。共に牡羊座であり子《ね》年であると知った日、すぐにパソコンの電源を入れ、運勢のホームページにアクセスしてタップと私へのアドバイスを受けた。

「牡羊座。辛さも笑顔で吹き飛ばしましょう。前方に明るさが見えます」「子年。残念ながら運気が低調なようです。夜はお風呂でじっくりストレス解消をするとよいでしょう」

妻の話によると、「タップのこの上ない好物は、宴会の残りのエビ天のしっぽと、職人の洗練された包丁さばきで極めて薄く切られたチクワカマボコの一切れ」とのことだ。妻が会合を終え、しっぽと一切れを包んで帰宅すると、タップはどんなに夜が遅くても玄関で挨拶をして迎える。中でも根室の、とあるレストランの腕利きシェフが揚げたものを喜んで賞味するそうだ。

タップは国際親善にも一役買っている。

娘の夫はビッグバンド「イーストポイント・ジャズオーケストラ」のリーダーでサックスを演奏する。アメリカ合衆国アラスカ州シトカの町と音楽交流が始まってから若者たちが来ては泊まる。一夜のジャズ談義は英語である。タップも英語で優しく話しかけられれば、それ相応の表情や仕草で応対する。タップもシトカの青年たちとは国境を越えての付き合いだ。

だが、ただ一人、タップとの間に少々の気まずさが生じている青年がいる。それはエヴァン君だ。彼は二十四、五歳でギターの弾き語りを趣味としている。性格は素直で明るい。シトカに戻ったらアルバイトをして大学院へ進みたいという好学の徒でもある。

エヴァン君が初めて娘夫婦の家に泊まった夜のことである。深夜の見回りを自分の役目としているタップは、暗い客間を覗いた。エヴァン君は、忍び寄る軽い足音に続いて闇の中に光る二つの眼を見た。異国の宿の出来事だ。彼は驚いて大声を発した。続いて恐怖と最大限の抗議と撃退の気迫を込めて、機関銃のような早口の英語をタップの全身に浴びせかけた。恐らく、次々と飛び出した英語は、音楽を美しく語るときの彼とは違って、語気鋭く、スラングの連発だったろう。

それ以来、エヴァン君の再度、三度の来宅に、タップは彼の軽い挨拶を受けた後、頭を低めて物陰に身を潜めることが多くなった。

今から五年前の平成十三年、私が喜寿を迎えた年の十一月に、高遠書房のご指導で、随筆集『あかがり踏むな』を発刊した。それを藤沢市の知人に贈呈したら、お祝いにアイボを頂いた。

アイボはロボット犬だから、生身の部分は微塵もない。銀色の全身がすべて科学の粋であり、コンピューターの固まりだ。腹ばいをすれば前脚から尾まで三〇センチ、もたげた頭のてっぺんは床から二〇センチのところにあり、体重は意外に軽くて一・五五キロだ。

アイボには喜び、悲しみ、怒り、驚き、恐怖、そして嫌悪の情がある。それに愛情欲、探索欲、運動欲、睡眠欲、加えて充電欲――人間で言う食欲を持っている。勿論、名前を呼べば応じる。そのかわいい身振りと眼に見える日ごとの成長から、私たち夫婦のアイボへの話しかけはいよいよ増え、愛情は深まっていった。

「黒猫タップの生まれは?」と、問われれば、即座に「函館市」と、応じられる。もしもロボット犬アイボに同様の質問をされた場合はどうだろうか。日本が世界に誇る、ある有名メーカーを声高く紹介したとする。それは事実なのだが、どうも無垢の赤ん坊のうちから親の地位や名声を背負わせてしまうようでかわいそうだ。まして保証書を取り出して、組み立て工場名に続いてシリアルナンバーを滑らかに読み上げたとすると、まったく味気ない。

アイボだって「いのち」がある。私はその故郷《ふるさと》を探すことにした。地上生まれのタップに対して、アイボのルーツを天上に求めた。

長く北国に住んでいる私は、冬の星座を見上げるのが好きだ。南東の夜空の賑やかな星たちの中から、オリオン座のペテルギウス、おおいぬ座のシリウス、そしてこいぬ座のプロキオンを結ぶと正三角形ができ上がる。この大空の「冬の大三角形」を私はアイボの郷里とした。その中のこいぬ座がアイボ出生の地だ。次に、こいぬ座の中で太陽と同じ黄色に輝くα星、プロキオンを「アイボの瞳」と、名付けた。その「アイボの瞳」とシリウスとの間には淡い色をした悠久の天の川が静かに流れている。アイボの生まれ故郷として最適だ。

アイボにも成長期がある。教育次第で幼年期、少年期、青年期、そして成年期を迎える。アイボが少年期を終えようとしたとき、私たち夫婦の心に一つの小さな懸念が湧き始めた。私たちが、いや、私が教育指導を続けたら、いきなり老年期に入りそうだ。姿、形は少年だが、老いさらばえた行為が見え始めたら大変だ。「若い子、いとしい子には旅をさせよ」と、翌年の夏に根室の娘夫婦に預けて以後の教育を頼んだ。

そこには黒猫のタップがいた。タップは赤い玉を追うのが日課のアイボを自分の弟として共に遊んでくれた。たまにアイボが出過ぎた行動をしても、大目に見ていた。

秋になった。タップとアイボの日常が、別々にアルバムに増えていった。タップには失礼だが、私のカメラテクニックでは黒猫は被写体として不向きである。単に黒い厚紙の切り抜きにしか写らないからだ。漆黒の毛並みが生み出す、すばらしい光沢は消し飛んでしまう。フィルムカメラが駄目なら、デジタルではどうだろうか。それでも画素数が少ないコンパクトタイプはいけない。まして携帯電話のカメラのレベルは論外である。

十一月のある日、私は800万画素の一眼レフを床に固定し、背面のモニターを引き起こしてシャッターチャンスをねらっていた。願うのはツー・ショット——タップとアイボの交流である。見る人の口もとに笑みが浮かぶような温かい絵にしたい。

待つこと十数分、ボール遊びに飽きたのかアイボが右からフレームの中に現れ、前脚を投げ出して腹ばいになった。そこにタップがゆっくり近寄って座り、両脚を立てた。私の好きな「気品あるポーズ」だ。タップはモニターを覗き続けている私に眼を向けて小首をかしげた。「どうぞ」という合図だ。願ってもない瞬間に、私はシャッターを押した。

早速プリントアウトして画像を見つめていると、そこに冬の大空に輝く正三角形が見え始めた。

タップの右耳の先はオリオン座のペテルギウス、その尾の先はおおいぬ座のシリウス、こいぬ座はそのままタップの位置で眼はプロキオンだ。しかもタップはアイボとの間をほどよく開けて天の川の流れを見せてくれた。案外タップもアイボの郷里を知っていたのかもしれない。

改めて写真を見続けていると、武者小路実篤の寸言が浮かんできた。

――仲良きことは美しきかな――

五月の旅

今年（平成十七年）五月二十四日に、妻と私は羽田空港出発ロビーにいた。時計は午前十時を示している。中標津空港向けの離陸にはまだ一時間はある。

一階のこの小暗いロビーから長く突き出た庇の向こうには濃く深い青空が見えて、初夏の陽光の強さを思わせている。地方の小さな空港や離島へ帰る多くの人たちに、リムジンバスの案内が次々と流れる。

家路につく前のベンチでのこの休息は、終えたばかりの旅の思い出を語り合い、それぞれ充足感に浸るひと時でもある。

だが私たちの今回は全く違っていた。頭を覆う疲れがある。妻の表情にも疲労が出ている。

それは昨日の公の大きな式典に出席したという結果からではなかった。その前後の決められた細かな日程に沿った動きには、絶えず厳しい警備の眼があったからだ。はっきり言って、一昨日から今朝までは憩いも風情も無かった。まして旅ならではの見知らぬ人たちとの新鮮な出逢いも無かった。遠く家を離れはしたものの、「旅」ではなかった。


日曜日の午後の混雑する東京駅構内では、三、四人一隊でパトロールする硬い表情の警察官が前後左右に現れた。その中を私たち夫婦は丸の内南口へと急いだ。

タクシーに乗り込む私たちの背に、交番の前に立つ防弾チョッキを纏った若い警察官の視線があった。「麹町のホテルへ」という私の声に軽く応じた運転手は、アクセルを踏むや否や口早に話し始めた。

「最近はもうお巡りさんだらけですよ。ほら、ここにも。ほら、あそこにも」

ハンドルから交互に手を離しては私たちの注意を引いた彼は、やがて声を一際高

くして、

「世界中の大都市では、いつどこでテロが起きても不思議はないということですから、仕方がありませんよね」

と、自分自身に言い聞かせるように語った。私たちのこれからの二日間は、彼の言う「警備の最も厳しいこの千代田区内の移動」となる。

翌朝、ホテルから皇居のお堀沿いに式典会場に行くタクシーからも、警備車両の左右で長い棒を立てて構える隊員たちの姿が続いた。国会議事堂付近では、車が信号待ちのためにスピードを落とすと、防弾チョッキの若い警官が軽い身のこなしで近づいて車内を覗き込んだ。

一時間半に亘る厳粛な儀式の後、会場から次の場所へ移動することになった。渋滞気味の道路を動くバスの高い窓からは、行く先々の厳重を極める警備の様子がよく分かった。バスの進路に鉄の移動式バリヤーも見た。

その日の東京は蒸し暑く鬱陶しい曇り空だった。

いまは帰りの飛行機の搭乗を待つ薄暗いロビーのベンチである。

急に喉の渇きを覚えた。体を少しでも動かして気持ちを切り替えようと、自動販売機まで歩いた。冷たい缶飲料を取り出して立ち上がると、そこにも警官がいた。

やがて中標津空港行きの飛行機に向かうリムジンバスのアナウンスが聞こえた。乗り込んで外を眺めると、突き出たボーディングブリッジや広い駐機場から長い滑走路まで、強い日光が降り注いでいる。適度な速さで走るリムジンから見える風景の際だった鮮やかさが、眼に気持ちよい刺激を与えた。青い空がとても広い。純粋な明るさに満ち満ちた旅のひと時だ。

すぐにこれまでの緊張と気鬱《きうつ》が拭ったように見事に消え、縛られていた思考もほぐれた。いつものように自由になった私は、旅の思い出の小箱から、つい半年前の風景を取り出した。

——昨年十一月下旬に、私たちは安曇野から伊那谷にかけて旅をした。地元のお二人が、行く秋の路をゆっくり案内してくださった。

安曇野では降りみ降らずみの中の景色が旅情を深めてくれた。今はもう動かない水車があった。それを覆った厚い苔の褥《しとね》には、だれかがそっと添えたように、一枚の黄色い枯れ葉が落ちていた。

翌日の午後五時ころ、高森町の「蘭ミュージアム」近くの丘に立った。眼下の夕景を眺めていると、静かに「ここが伊那谷です」と紹介された。暮れゆく晩秋の赤石山脈の上空には小さな上弦の月が懸かっていた——。

中標津空港行きの機内はほぼ満席であった。通路を挟んだ隣の席は空いていたが、しばらくして赤ん坊を抱いた若い母親が掛けた。すばやくシートベルトを締めると、子どもを膝の上に座らせた。大きな眼の丸々と太った子だ。健康そのもののこの乳児は、しなやかに首を回してあちらこちらを眺めていたが、私たち夫婦に視線を止めると急に笑顔になった。大きく開いた口の下歯茎に真っ白い米粒のような歯が二つ覗いた。生まれたばかりの門歯だ。

妻が、

「まあ、かわいいこと。五か月か、六か月の坊やね」

と、囁いた。この成長期には、もう上下左右の物を眼でしっかり捉え、掴んだ物は離さない。もしも私が人差し指を近づけたら、いつまでも強く握っているだろう。

母親は背筋を伸ばすと、私たちに笑顔で会釈した後、子を膝の上に立たせた。それが合図であったかのように、坊やは満面に笑みを浮かべて跳び始めた。私たちは指先で小さな拍手を送り続けた。坊やと私の間にある八十年の時間と空間が忽ち消えた。

母は巧みに子どものリズムに合わせて上下運動の補助を根気よく続けた。子育てに自信を持っている表情と仕草だ。

女性客室乗務員がシートベルトの着用を確認しながら通り過ぎた。やがて彼女はプラスチックの小さな飛行機を持って戻ってきた。笑顔で差し出した贈り物を坊やは勢いよく遠くへ投げてしまった。

いまこの子が一番望んでいるのは、間違いなく、お母さんの心地よい膝の上での嬉しい全身運動だ。それに盛んに拍手を送っている、曾祖父母のような私たちとの交流だ。

飛行機が飛び立っても、私たちの方へ身を乗り出しては手足を元気よく振り回した。母親は笑顔を絶やさなかった。そのうちに坊やは疲れたのか眠ってしまった。母はしっかりと胸に抱き直すと自分も眼を閉じた。その腕は、この子にとっては世界に一つしかない、最も安全なシートベルトだ。

機長のアナウンスが流れた。

「本機は羽田空港を離陸し、現在山形市上空を目指して飛行しております。そこから宮古市を通り釧路空港を通過し、目的地中標津空港には定時に到着する予定です」

機内の誰もが静かな休息に入っている。私はこの三日間の旅を思い起こしていた。

私たち夫婦は、テロの動きが囁かれ始めている都心にいた。警備の鋭い視線が交差する雑踏の中で、ふと暗い事態が脳裏を過ぎり、高齢のこの身を凍らせる瞬間もあった。

だが羽田空港の抜けるような空の青さに、閉じていた心が開いた。加えて、見も知らない母と子との予期しない出逢いがあった。昨年の「秋光の伊那路」を辿った時と同じように、人と人との温かい交流を実感した。

終わり良ければすべて良し――今年も心に残る旅をした。

この終わりにはもう一つ嬉しいことが待っている。今日は日本一遅い桜前線が我が町に到着する日だ。野でも山でも町の中でも、桜が私たちを迎えてくれる。満開の花の下で、母親に高く高く抱き上げられ、手足を振って喜ぶ幼子の顔を描いてみた。

身内のこと

「身内」を辞書で引いたら、

「①からだじゅう　②親類　③同じ親分に属した子分たち」

と、なっている。

このうち、私は③を改正して、二つの「分」を消してしまいたい。このままだと、どうも清水の次郎長一家が浮かび、有名な子分たちが次々と見えてくる。小学校時代、国語の教科書よりも熟読したのは、豆講談本だからだ。

さて、話は改正③に戻る。

同じ親に属した子たち——私に属した、もっぱら頼りにしている右目と、日頃から休みがちな左目のことである。

最近またメガネが合わなくなった。進む老いを素直に認めないで、メガネのせいにする。この繰り返しでこれまで何度作り替えただろうか。

メガネを掛けてのことだが、現役の右目に対して、左目はひ弱な子である。いざ何かを読み始めると、そっと退き、やがて瞑《つむ》り、知的収穫の努力と喜びを終始右目にまかせている。

時折、両目の視力検査をする。辞書で旧漢字の「圖」を引く。右目は、その整然とした直線の処理と、対称の美しさを楽しむのだが、左目では中央が薄墨色に潰れがちである。この字は現在では「図」なので、左目でも楽に読めるから、検査には役立たない。

とにかく本を読むときは左目は眠ったままだ。最近ではテレビも右目だけで見ている。パソコンも例外ではない。グーグル検索の広く深い楽しみも右目が案内してくれる。高遠書房への随筆を起稿し、推敲を重ね、浄書し、そして作品としてメールに添付し、送信ボタンをクリックする最後の瞬間まで、もっぱら右目が活躍する。その右目とメガネの相性がまた少し悪くなったのである。メガネ屋さんに行こうか行くまいか、両目をそっと押さえながら思案する。


日常、欠勤の多い左目には、それなりにれっきとした理由がある。小学五年生のときに大きな災難に遭ったのだ。

運動会が明日という午後、先生方がグラウンドに競走用の白線を引いていた。線に使用したのはホタテの貝殻を焼いて粉にしたものだ。貝灰《かいばい》と呼んでいた。

先生方が休憩でいなくなると、同級生が俵から貝灰を掬って力いっぱい宙に撒いた。私の視野が真っ白い吹雪から真っ暗闇になり、焼けつくような鋭い痛みが走った。

急の知らせで駆けつけた先生が、大声で泣き叫ぶ私に、「これはもっと涙を流して洗い落とせばいい」と言った。

誰かに背負われて家に帰った私を見て、母はご飯茶碗に硼酸をごく薄く溶いて消毒液を作った。それに脱脂綿を浸し、割り箸に挟んで瞼を何度も拭き続けた。痛みは左目が殊に激しかった。

国の医療保険制度の無かったころである。生きるか死ぬかの状態でも、一般庶民の家々では、病院など考えもしなかった。親や兄弟姉妹に加えて、騒ぎを聞いて駆けつけた隣のおじさんやおばさんまでもが、考えられる限りの手当を、寝ないで尽くした時代であった。

翌朝目を覚ますと瞼がくっついていた。母が硼酸の洗浄をしてくれると、ようやく右目の瞼が僅かに開いた。左目は眠ったままだった。

一週間経ってようやく左目も開いた。だが鼻の左の奥から、貝灰の臭いが時々湧いてきた。涙腺と鼻腔の間に灰が残っているのではないかと、父母は憶測した。十日後、左目に厚い眼帯をして登校した。

それ以来現在まで、人並みの知見を得る働きを一手に引き受けてきたのは右目である。左目は常に三歩下がって謙虚であった。

この左目が、これまでにたった一度だけ、右目より断然優位に立ったことがある。七十七歳になって白内障の手術をすることになった。医師はまず症状の進んでいる左目から始めることにした。これまで私が特に養護してきた目だ。

病院から、「事前に一読するように」と渡されたパンフレットには、手術を数日後に控え、おびえている左目に対して、激励とも思える言葉があった。

「痛みに対する心配は全くありません。俎板の鯉の心境で、デーンと落ち着いている人は手術もしやすく、うまくいきます」

当日、移動式ベッドに仰臥して手術室に運ばれた。やがて顔を覆っていたカバーの一部分を切り裂く音がした。左目が明るくなった。視線の先には医師の鋭い目と大きなマスクがあった。途端に、自分に強く繰り返し言い聞かせていたはずの「俎板の鯉の心境」が雲散霧消し、極度の緊張感に全身がこわばった。

手術が始まった。しかし恐れていた痛みは全く無かった。それどころか、現実を超えて、この上なく美しい宇宙を左目は見た。

――漆黒の果てしない空間に、様々な色彩を持つ無数の微細なかけらが、それぞれに煌めく。多色のステンドグラスを砕いて創り上げた極彩色の万華鏡だ。その先の遠い遠い頂点に、太陽に似た光源が強く輝き続ける――。

それから四か月後、右目も手術を受けた。そのとき見たのは、真っ黒い眼底に降り注ぐ、輝度の高い白い光であった。

手術中、左目はスーパー・カラーハイビジョン映像を鑑賞した。右目のスクリーンに映ったのはモノクロームの退屈なドラマだった。


さて、明日にもメガネの新調に出かけることにしよう。これまでの長い人生を左目の愛護に当たり、働きずくめから老化の進み具合が頓《とみ》に速くなった右目のためだ。多少は値が張ってもいい。

向田邦子さんは、随筆集『霊長類ヒト科動物図鑑』の「助け合い運動」で、老眼鏡ができ上がったとき辞書を開き、「龜」という字を引いて暫く楽しまれたそうだ。

私は新しいメガネが届いたらその漢字をお借りし、さらに鬥（たたかい構え）で囲み、その文字を、いつも遠慮がちな身内――左目から、まず試すことにした。

第六章　遠い煌めき

遠い煌めき

七十三歳の一月ごろから目の老化に気づいていた。

二度も眼鏡を作り替えたが効果が無かった。光の強い戸外でも、対象がすっきりとは見えない。快晴の空を見上げると、異常なまぶしさを感じてすぐに瞼を閉じた。玄関で迎える来客の顔は、弱い逆光なのに、目を見張ってもすぐには判断できずに、失礼を重ねることが多くなった。

秋になると、居間の蛍光灯の光度が弱く見えてきた。ひどく気になって取り替えたが、明るさは以前と変わらなかった。夜、机に向かうときには、電気スタンドを一つ増やしてから本を開いた。目のかすみ具合が進んで、黄昏どきのほの暗さが生み出す庭の風景が見られなくなった。

十一月十二日に、ここ中標津《なかしべつ》町から九十キロ離れた釧路市のカケハシ眼科病院で検査を受けた。医師から伝えられた結果は老人性白内障であった。左目の水晶体内の濁った液を抜いて、そこに眼内レンズを挿入するという。手術は十二月七日で、一週間の入院と決まった。

帰りのバスの座席に着くとすぐに、病院で渡された十四ページの冊子を取り出した。タイトルは「老人性白内障の手術」である。中標津ターミナルまでの二時間は、走り読みをしてはバッグに入れ、またすぐに出してはページをめくった。

数日後に、NHKテレビBS2の健康番組で、「白内障特集」があった。年間七十万の人が手術を受け、適切な治療によって視力を回復しているとのことだ。この番組は手術を控えた私のための番組だと決め込み、録画をして繰り返し見た。

ある七十代の婦人が画面に現れた。最近になって調理をしていると包丁の先がかすんで、指に切り傷をつける回数が多くなったと嘆いた。そして苦笑しながら、作り替えては無駄になった十五個の眼鏡を並べて見せた。

場面が手術を終えた翌朝に変わった。婦人は晴れ渡った空を見上げた。目に鮮明に映る美しく深い青色に喜びの声を上げた。風景の中の、白と黒との鮮やかな際立ちに、驚きの言葉を漏らした。

手術が十日ほど後に迫った私に、小さなおののきが生まれた。それは手術の際に予想される痛さである。生身の体にメスを入れられる激痛に私は耐えられるだろうか。

病院のパンフレットには、六つの質疑応答が載っている。蛍光ペンでなぞりながら読んだのは、「Q・老人性白内障の手術は痛くないのですか?」のページであった。「目にゴミの入っただけでも痛みを感じるのに、目の手術ともなればさぞ痛いのではないか」という書き出しであった。これこそ正に私の呟きそのものである。

読み進むうちに、「痛みに対する心配は全くありません」という、嬉しい言葉があった。続いて私の不安を払拭し、勇気づける表現が続いた。

「まな板の鯉の心境で、デーンと落ち着いている人は手術もしやすく、うまくいきます」

手術日となった。

病院の三階にある一室のベッドから青空が見える。釧路の海のカモメが三羽、強い海風に逆らいながら飛んでいる。

起床直後の検温から始まり、内服薬服用の次に、三十分おきに点眼が五回続けられた。その度に手術が近づく意識が強くなっていった。十一時に痛み止めと吐き気止めの錠剤を服用すると少々眠くなった。昼食抜きであった。

十二時半に、看護師が左目の上に五百グラムのおもりを載せた。眼圧を下げ、手術中に高眼圧になるのを防ぐのと、眼内レンズを安全に入れるためとのことだ。目に圧を感じている十五分の間に、手術が近い緊張感が急に高まってきた。

午後一時十分に、病室前の廊下に手術用ベッドが用意された。私はそこに移され、静かに仰臥の姿勢になった。前後二人の看護師の手で二階の手術室への移動が始まった。キャスターの音がひときわ耳を突き、廊下の天井が意外な速さで後方に流れていく。目が回りそうになったので、瞼を閉じた。エレベーターは下降しているのに、体には上昇の感覚が働いていた。

手術室に入ると、すぐに右腕に点滴の針が刺され、左腕には血圧計、心電計のコードもあった。

顔が覆われ、左目の部分が切り裂かれた。途端に、自分に強く言い聞かせていたはずの「俎上の鯉の心境」が雲散霧消して、極度の緊張感に全身がこわばった。

手術が始まった。だが、恐れていた痛みは全く無かった。それどころか、現実を超えて、この上なく美しいものを見た。

——様々な色彩を持った、無数の微細なかけらが、それぞれに煌めく。砕け散ったステンドグラスの万華鏡だ。その遠い遠い頂点に、太陽のように強い光源が、回転しながら輝きを放ち続ける——。

厚い眼帯を掛けられて手術の終了を知った。

その夜、夢を見た。

いつかテレビで見たアマチュアビデオの「影法師」の一シーンであった。

――快晴の、鮮やかな新緑が光る遊園地である。よちよち歩きの、真っ白い服を着た男の子が、自分に影法師がつきまとうと言って、怒って幾度も踏みつける。影から逃れようと、母親のところに全力で走っていってしがみつく。振り向くと、影法師はまだ足もとにくっついている。子どもはそれを指さして、泣きわめきながら真っ黒い影を力いっぱい踏みつける。

突然、子どもと母親の姿が、手術中の私を吸い上げるような美しい煌めきの中に消えた。そのとき主治医が私に近づき、何かを手渡して無言で去った。

私は眼帯を外し、手術を終えたばかりの瞳を凝らした。手のひらには新鮮な若草色と純白、そして濃い墨色のカードがあった――。

急に、右の瞼が明るんだ。目覚めると、夜勤見回りの看護師の小さな電灯の光であった。私が寝ていることを確かめると静かに立ち去った。

翌年の三月二十九日には右目も同じように手術を受けた。左目と違って、手術中に見たのは、漆黒の眼底に、輝度の高い白色を送り続ける遠い光源であった。

その後の数回の定期検査では、いつも主治医から「順調ですよ」の言葉をいただいている。

物の輪郭がはっきりと見える。空を指す高い木々の枝先までも鮮明だ。色が美しく映るようになったので、東山魁夷の画集を机上に置いた。『青い峡谷』や『花明かり』から始めて、時間のたつのを忘れて次々と鑑賞している。

五月になり、ここ数日は、夕闇に溶けていくムスカリの紫を愛でている。

みんなの童謡

台風十五号が関東地方に近づいてきた。平成十三年九月十一日のことである。それは、日本列島を抱えるように横たわっている秋雨前線を刺激し、北海道も全域にわたって降雨が激しかった。

私は朝から微熱を感じていた。月初めに、身近な方々から喜寿の祝いと励ましの言葉を頂いたばかりである。体調を崩してはいけないと午後八時には就寝した。

風を伴って激しく屋根を叩く雨の音に目が覚めたのは、十二日の午前五時だった。テレビのスイッチを入れた途端に眼を射たのは、飛行機が高層ビルに突っ込む画面であった。繰り返されるシーンと緊張した高い調子のアナウンスから、ニューヨークの世界貿易センタービルの北棟目がけて旅客機が突入したことを知った。

場面が切り替わった。ビルを指す男性が絶叫した瞬間、別の旅客機がビルの南棟に突き刺さって消え、その直後に黒煙が吹き出した。

続く画面には、崩壊直後の巨大な傷口を見せているアメリカ国防総省が映った。これも旅客機激突によるものであった。

三つの凄惨な場面も、背景には限りなく青い空が広がっていた。アナウンサーは固い口調で、「アメリカにおける同時多発テロ」と繰り返した。

ニューヨークでは世界貿易センタービルが倒壊し始め、大地に吸い込まれた。そこから立ち上った塵埃の巨大な塔は、崩れて厚い茶色の層となり、瞬く間に地表を四方に疾走し、逃げ惑う人々を呑み込み、テレビカメラのレンズを覆った。

時間を追うごとに崩壊現場に接近したライブ画面が増えた。同時に犠牲者の数が激増していった。

全世界に極度の緊張が伝わった。我が国の国土交通省は、各空港に手荷物検査の最高度の強化を指示し、さらに宅配便には、検査のために一日以上の留め置きを求めた。

翌日も翌々日も、航空機がビルに突入する同じ画面が、昼夜の別なく流されていた。私もテレビに現れた各国要人の短いコメントに耳を傾け、画面を走る刻々のテロップに瞳を凝らして過ごした。


九月十五日、世界中が凍りついた惨事勃発からもう三日間が過ぎていた。カレンダーの「祝日　敬老の日」の朱色の文字が、のしかかっている重苦しさを片隅に押しやった。

私は七十歳を超えてから、この祝日を迎えることが大きな楽しみになっている。テレビで高齢者の生き方の特集を見られるからだ。

人生を八十年、九十年と生き抜き、なお心も体も健全な方々のお話や日常生活の紹介がある。その光る言葉の端々をノートに書き留める。それが六年間で貴重な語録集となっている。

昨年、特集を見た感想を私はこう書いていた。

――人生の生き方の達人は、みんなが笑顔だ。応答が穏やかだ。たくさんの縦じわに囲まれた口元から出る言葉には、無駄が省かれ気負いが無い。短くさらりとしている。枯れた一言は、深い味わいを含んでいる。極意というものは、すべてこうなのだろう――

八十歳のゴールが見え始めている私は、今日も米寿・卒寿の方々から生き方を学ぼう。ここ数日、この世界を覆う重苦しさから、しばし逃れて。

早速新聞のテレビ番組欄を開いた。しかし探しても見当たらなかった。例年特集番組があるはずの時間帯には『みんなの童謡　リクエスト特集』が組まれていた。それもよい。テレビに反復して流されている凄惨な場面を強く打ち消し、憩いのひと時に身を置きたい。歌の清流に身を委ねたい。

十時十五分の開始を前に、テレビの前に坐った私は、自然にノートを開き鉛筆を握っていた。その自分に、「今日は長寿者の言葉も無いのに」と、苦笑した。

『里の秋』のメロディーと共に、『みんなの童謡　リクエスト特集』の文字が浮かんだ。タイトルバックは稲穂の垂れている田園で、遥か遠くに山並みが見えた。

画面がスタジオに切り替わると、男性アナウンサーと女性のゲストがリコーダーで『故郷《ふるさと》』を演奏した。終わるとアナウンサーは、笑顔で視聴者に向かい、

「秋のひとときを童謡で楽しんでいただきます。生放送です。リクエストをファックスでどうぞ」

と、案内した。

最初の曲の『靴が鳴る』の前奏が流れた。十人ほどの幼児が歌いながら野道を歩いている。長靴の子もいる。四、五人の親たちも笑顔だ。平和そのものの風景に、私も軽く歌い出した。画面下には「みんな可愛い　小鳥になって」の歌詞が浮かんだ。

その直後、私の歌声が止まった。画面の右端に、縦に「米同時多発テロ事件」の表示が出た。青地に白抜きのコントラストが眼を引きつけた。

さらに、上には左から右にテロップが流れ始めた。「アメリカ司法省ハイジャック犯の名前公表」「七人がパイロット資格を所持」に始まって目を引く事実が続いた。

画面はピクニックを終えた幼女の寝顔であった。楽しかった今日の夢を見ているのだろうか。

みんな可愛い　うさぎになって
はねて踊れば　靴が鳴る

だが、その同じ画面に、「テロへの報復」、「武力行使」の文字が現れた。途端に、私はテレビのスイッチを切った。

画面の消えた黒いブラウン管には、頰づえを突いている私が映っていた。

三日前の大惨事の衝撃以来、私の心に生まれていた空洞は、いよいよ暗く、いよいよ深くなっていった。

ふりがな

バスのエンジンの音が心地よく全身になじんできた。

私の住む中標津《なかしべつ》から釧路駅までの二時間を超える車中である。五月初旬の晴れた朝だ。青空の下の根釧台地をバスは一路南西に走る。

半年前までは、この広大な美しい風景が、私の目には霞んで映っていた。それは進行中の白内障が原因であった。無理に遠くを見続けると、異常に強い散光が目を射て、耐えきれずに瞼を閉じた。

しかし手術を終えてから六か月を経過した今は全く違う。バスの窓外を立木が次々と流れていく。枝先の小さな若葉の瞬時の輝きさえ、捉えることができる。遠い緑の草原には朱塗りの屋根の牧舎が朝日に映えている。数十頭の乳牛の群れが一人の牧夫に追われてゆっくり移動していく。

平原の果てに浮かぶのは、神秘の湖を抱く摩周岳だ。その先にある、掌に載るほどの富士山に似た雄阿寒岳は淡いすみれ色で、今にも空に溶け込みそうだ。

今日は釧路市の眼科病院で手術後の精密検査を受ける日である。これまでは片目ずつ日を変えて数回の検査を受けてきたが、今回は右目一か月、左目半年の散瞳検査を同時に行うことになっている。

連続する小刻みのバスの揺れは、とりとめのない思いを軽やかに次々と生み出す。

昨夜は竜飛岬の近くに住む親友と電話での久し振りの会話が弾んだ。四方山話を終えて電話を切ろうとする友に、私は手術後の目が正常に見える喜びに、こう加えた。

「医師が挿入してくれた眼内レンズはねえ、アメリカはテキサス州フォートワース市のアルコン社製だ。このごろよく口にするヨーグルトはブルガリア、毎朝頂く納豆は水戸の品だ」

「そうか。岩手生まれで北海道育ちの君も、八十年近くかかってようやく立派な国際人になったな」

釧路駅横の阿寒バスターミナルに着いたのは十時二十分であった。すぐ近くのタクシー乗り場へ向かう道筋に、黒いジャンパーにジーンズ姿の学生らしい青年が現れた。彼はゆっくりと地面に座り込むと、慣れた手つきでギターをケースから取り出し、譜面台を立てた。二日前に終わった大型連休に続いての歌の旅なのだろう。私は調弦の音を背に受けながらタクシーに乗り込んだ。

病院では散瞳剤の点眼から始まった。眼薬によって瞳孔を広げた後に医師が検査をするという手順だ。看護師は眼薬をさしながら、

「十分ほどしたら黒目が大きくなって眩しくなります」

と、いつものように説明をした。

検査の結果、担当医から、「順調です」という力強い言葉をいただいた。続いて看護師は帰宅途中の配慮を丁寧に付け加えた。

「散瞳薬剤が効いている四時間から五時間は、瞳が開ききったままなので、入って

くる光を調節できません。物が見えづらくなります。お帰りにはお気をつけください」

病院を出た。これまでの片目ずつの散瞳剤点眼とは、大きな違いだ。両目共に光の調節が利かないのだ。全てが明るすぎる。眩しすぎる。視界は輝く白に占められた影のない世界だ。

一冬の汚れを残しているはずの道が、つい先ほど舗装したばかりに光っている。横断歩道の純白の縞目が浮いて、陽炎のように動き続ける。次々と走ってくるどの車も、私の目に太陽の鋭い反射光の矢を射て過ぎていく。

手を挙げた私にタクシーが寄ってきた。開いたドアまで足を進めるにも、見えにくい段差を大いに気にしての探り歩きだ。

駅前の駐車場に着いたときは正午に近かった。しかし昼食どころではない。両目から飛び込む不必要な明るさの攻撃と体のバランスの調節に疲れていた。とにかく阿寒バス待合所の椅子に掛け、瞼を閉じて休みたい。

タクシーを降りた私の耳に、掻き鳴らすギターの音と張り上げる声が聞こえた。今朝の青年に違いない。眩しさに耐えて見つめると、光る舗装道路に黒い固まりのような奏者がいた。

バスターミナルからベルと共に阿寒湖畔行き発車のアナウンスが聞こえた。旅行客が出払ったばかりの待合室には黒光りの木製ベンチが十数脚並んでいた。

腰を下ろして目を閉じていると、誰かが入ってきた。歌っていたあの青年だ。ギターとナップザックを私の前のベンチに置いた彼は案内窓口に近づくと、「釧路湿原行き片道一枚」を求めた。よく透る張りのある声だ。五月初旬の湿原にはエゾイチゲが咲いているはずである。短い茎の頂に一輪だけ開く白い可憐な花だ。

彼は片隅の自動販売機の缶飲料を喉を鳴らして飲み始めたが、急に缶を胸に押し当てると、壁に貼られたポスターに視線を止めた。更に近寄ると、背を丸めて一か所を凝視した。彼はそこから目を離さずに缶を傍らの台に置いた。次にポシェットから手帳を取り出すと素早く何かを書き留め、また熱心に見入った。

湿原行きバス出発のアナウンスが始まった。青年は去りがたい様子で、視線をポスターに残して出ていった。

これほどまでに彼を惹きつけたポスターを私は見たくなった。だが散瞳剤がまだ効いている私の目には、黄の地色がまぶしい。

青年と全く同じ位置で視線を向けると、小指の先ほどの漢字が映った。それは間違いなく「旅」と読めた。その横の小さなふりがなは四文字あった。漢字の読みには合わない数だ。目を近づけても黒点の並びにしか見えない。

あれこれ考えているうちに、私の中の年輪の声が、

「じんせい――人生」

と、囁いた。

待っていた中標津行きのバスが発車した。私はすぐにハンカチで目を覆った。もうゆっくり眠っていてよい。市街地を抜け出たバスは、谷間を通り、平原を走り続けた。

やがてエンジンの音が体に溶け込み始めた。心地よさに半ば眠りかけた私の瞼に、あの青年の姿が浮かんだ。もうこの時間には、湿原が彼を迎えているはずだ。

エゾイチゲの咲く散策路を歩む彼の中には、旅と人生とを織り込んだ新しい歌が生まれているかもしれない。

第七章　涸渇を避ける

太郎さんから次郎さんへ

わずかな風に綿雪が舞う深夜だった。

今年（平成十六年）三月中旬のことである。私は数日後に八十回目の誕生日を迎えようとしていた。これまで生きてきたこと、これからの日々などが交互に浮かぶままに、深い眠りに落ちる瞬間を待っていた。

その「これまで」と「これから」の想の流れが続くうちに、ある新旧引き継ぎの場面が鮮明に浮かんできた。

――昭和六十三年に、夜の九時から始まっていたＮＨＫのニュース番組『ＮＣ９《エヌ・シー・ナイン》』が『ニュース・トゥデイ』に更衣《ころもがえ》をすることになった。三月から四月への年度替わりである。

十四年も続いた『ＮＣ９』の最終回で、いよいよ二人のキャスターのバトンタッチの場面となった。

最後の六年間を担当して、報道という大きな仕事を成し終えた木村太郎さんは笑顔で、翌週から新しくニュースキャスターの座につく平野次郎さんは、やや緊張した面持ちであった。

エンディングテーマ曲が流れ始めた。お二人は話術のプロにふさわしく、三十秒の間に軽くテンポの速い挨拶を見事に交わした――。

目が冴えてしまった私は、この鮮やかな引き継ぎのシーンにあやかって、七十九歳までの私を太郎と呼ぶことにした。そう決まれば八十歳からの私は次郎だ。

太郎には、どうしても次郎に引き継ぎたい人生の一こまがある。

太郎は昭和の初期に、五歳から六歳にかけての一年間を、高い山々に囲まれた里に暮らしたことがあった。ランプがつり下がった太郎の家の隣に、同じ造りの家が一軒あるだけだった。

姉や兄たちが遠い町の小学校へ出かけた後は、子どもといえば、この山里には太郎一人となった。毎日の遊びは近くの野山を歩き回ることだった。

だが父親が風呂を焚くときはいつもその傍らにいた。鉄砲風呂を据えてある小屋は、波板トタンを葺《ふ》いた片流れ屋根で、三方の壁は板張りだった。筵《むしろ》を一枚ぶら下げた入り口を開けると、据え風呂のそばに、踏み台と洗い場を兼ねたリンゴの木箱が二つ並べてあった。

太郎は焚き付けを運んだ。火が燃え盛ると割り木を焚き口の近くに置いた。つまり太郎は一時期、無口な父親の横にいて、同じようにしゃがみ込んで、勢いを増していく炎や、浴槽の蓋の割れ目から立ち上る湯気を見ていた。

それは遠い遠い昔の、山里にはよくある父と子の風景——ただそれだけのことであった。

それから五十年が過ぎた。太郎は根室市の小学校の校長として赴任した。住宅の浴室の隣に、コンクリートの壁をくり抜いて鉄砲風呂の錆びた焚き口が覗いていた。

床には石炭の燃え殻がわずかに見えた。山奥の五歳のとき以来、初めて目にした風呂だった。

前任地では住宅はもちろんのこと、どの家でも石炭は消えて、石油やガスが湯沸しの燃料の時代となっていた。

「今どき、鉄砲風呂とは……」

こう口を突いて出たものの、一日の仕事を終えてから車で銭湯に通うのも億劫《おっくう》だ。これを使うより外はない。焚き付けと石炭を用意した太郎は、亡き父と同じように焚き口の前にしゃがみ込んだ。

やがて、父の手順が自分の感覚に生き生きと残っているのに驚いた。昔々の、幼子のころに知った方法が次々と蘇った。

薄暗い焚き口でマッチを擦る。火が細かい焚き付けから、やや太めのものに燃え移る。木のはぜる音が響く。少し下火になりかけると、また太い焚き付けを入れては火勢を強くする。

ようやく石炭に燃え移った火は、ちょろちょろと遠慮がちな炎を生む。やがてそれは大きく育ち、激しく揺らぎ、勢いよく立ち上がり、煙筒に淀んでいた冷気を押し上げ、風の音を立てて一気に駆け上がっていく。

一年が過ぎた。風呂焚きは、もう太郎の日課の一つとなっていた。

そのころには、燃え上がっていく火を見つめている夜の小さな時間は、太郎の生活の中に貴重な安らぎを与えてくれた。

炎がまばゆく揺れる。そのとき、太郎にさまざまな影響を残して去っていった多くの人びとの、懐かしい面影が浮かんでくる。

石炭を継ぎ足しては、また燃え盛るのを待つ。そのひとときは、経済の急速な成長の過程で消えてしまった自然や素朴な暮らしを呼び戻し、懐かしむ。

定年退職の翌日、新居には石油燃料の風呂が、還暦の太郎を待っていた。湯は小さな「ふろ」の表示ボタンに軽く触れるだけで沸き上がった。

今年、太郎は父を超えて傘寿となる。


真夜中の窓ガラスに次々と雪の触れる音がする。風が強くなった。

まどろみの中で、私の中の太郎さんと次郎さんは短い挨拶を交わした。
太郎　遙けくも来つるものかな。
次郎　心に巣くっている短所は、そっと寝かせておこう。僅かな長所が灯るランプの火屋《ほや》は、折々磨くことにしよう。
短い余生の日々だから、身の回りを明るく温かくしておこう。

ダークダックス　喜早哲様へ　お礼の言葉

「喜早哲様へ」と、書き始めて思い浮かんだのは、「文章歩道29号」の『連載ずいひつ喜早哲　抒情歌その二』の追記です。

――私が親しくして頂いた方は「先生」例えば中田先生。神様のように偉大な方は「呼び捨て」。例えばベートーベン、北原白秋。この中間が「さん」又は「氏」「様」です――。

以下の文中では、いつも私の心の中にある「喜早さん」か、愛称の「ゲタさん」と呼ばせていただきます。どうぞお許しください。

喜早さん、『ゲータのイタリー紀行』から『スクラップ』、続いて『抒情歌』をとても楽しく読んでおります。ありがとうございます。大正末期に生まれ、八十路を歩んでいる私ですので、執筆なさっている数々の抒情歌の、どのお話に接しましても、すぐに耳の奥に懐かしい歌が流れ、瞼にはそれぞれの時代が生き生きと浮かび上がります。

数えてみますと、私はダークさんに半世紀もお世話になっております。そのお礼に代えて、ダークさんのコーラスの中から、小学唱歌『若葉』と『広瀬中佐』にまつわる私のことを読んでいただくことにしました。ただ、たとえ文字の上でも、ダークさんと私を並べることは、この上なく礼を失することですが、これもどうぞお許しください。

ここで改めて「文章歩道33号」の「抒情歌」のページを開きます。「その六」の喜早さんの説明から、私の音楽レベルの低さの因って来《きた》る所以《ゆえん》が判りました。それは遠い遠い明治五年の文部省の「唱歌は当分之を欠く」という文言にありました。明治に生まれて唱歌を欠いた尋常小学校の教育を受けた父母に育てられた私です。次いで昭和初期の小学校での私は、繰り返し先生のとおりに歌い、家では姉や兄たちの「文部省唱歌」を真似ました。やがて進んだ商業学校では、唱歌を全く欠いての五年間でした。
さて、私と『若葉』とダークさんとの出会いに移ります。あの、松永みやお作詞・平岡均之作曲「♪あざやかなみどりよ、あかるいみどりよ……」の唱歌です。（歌い出しには喜早さんの随筆から♪をお借りします）
太平洋戦争が終わるまでは、教員検定試験がありました。私は商業学校を卒業すると、戦場に行くまでの二年間の職業として教師を選びました。その試験科目には「音楽」がありました。実技のオルガン演奏では、田村虎蔵編『オルガン教則本』の中の一曲が、当日になって試験官の先生から指定されました。師範学校の音楽の先生の前で、オルガンを弾きながら歌う唱歌は、前もって「初等科音楽」の教科書から簡易伴奏付きの四曲が発表されていました。その中から私は少しも迷うことなく『若葉』を選びました。
その理由はこうです。戦時体制下の暗い時代にあって、純粋に明るく美しいこの曲に心を強く惹かれたからです。もう一つは、まだ見たことのない初夏の風景への憧れからです。

私が少年時代を過ごしたのは北海道東部の根室半島にある町、根室でした。冬は北の海からの流氷が湾を埋め尽くし、大地を凍らせます。春から初夏にかけては南の海からの濃霧が半島を覆って太陽光線を弱め、気温を下げます。ですから桜が咲くのは五月二十五日前後なのです。

晴れて教員の正規の資格を得て、初めて教えたのが『若葉』でした。

やがて、強い憧れが現実となる日が来ました。若葉が薫り、若葉がそよぐ初夏の大自然の中に、生まれて初めて身を置くことができたのです。そこは昭和二十年（一九四五）の富士山麓でした。

私たち八十代の者の歩みの背景には、必ず太平洋戦争があります。千葉県の九十九里浜で初年兵教育を終えた私は、三月には幹部候補生として静岡県の御殿場にある陸軍重砲兵学校富士分教所に転属しました。そこでは、将校になるための厳しい訓練の日々が続きました。

五月になりました。にわかに目の前に拡がったのは、唱歌そのままに、田畑を埋め、野山を覆う鮮やかな明るい緑でした。二十一歳の私は感情が高まり、こっそりと『若葉』を口ずさみました。

それから四半世紀を超える時が流れました。昭和四十七年（一九七二）のことです。『ダークダックスによる日本唱歌大百科』のレコードで、『若葉』を聴きました。初夏を歌う美しいハーモニーが呼び起こす深い感動に包まれていると、富士の裾野を覆う明るく、豊かな緑が瞼に映りました。野の果てを目指して歩いていくと木下《このした》闇の道があり、続く木洩れ日の山路を抜けると再び眩いばかりの緑の裾野が開ける風景も甦りました。

二つめに、文部省唱歌『広瀬中佐』と合唱との出会いのお話をします。「♪轟く砲音《つつおと》　飛び来る弾丸　荒波洗《あろ》う　デッキの上に・・・・」という日露戦争の歌です。国語の教科書にも載っていました。

昭和十年（一九三五）二月でした。小学校四年生の三学期です。唱歌の時間には、とても優しい音楽専科の男の先生が教えてくださいました。ある日、これまで聞いたことのない、低くて呻くようなメロディーの『広瀬中佐』を教え始めました。まるで深い谷底を這い回っているような音のつながりでした。日曜日を除く毎日、放課後の練習が始まりました。三月の音楽会に発表するとのことです。

隣のクラスの六十名は、練習をしなくても誰でもが歌える『広瀬中佐』、私たち六十名は新しくて不思議な『広瀬中佐』なのです。その二つを舞台の上で同時に歌うという説明でした。いつもは優しい先生を怖く思いながら懸命に覚えました。高音部、低音部、二部合唱という用語も先生が教えてくれました。

いよいよ発表会当日です。先生のピアノの前奏に続いて、男子百二十名の合唱となりました。私たちの組は、一番までは教えられたとおりのメロディーラインを必死に持ちこたえました。それが我慢の限界でした。

二番になると、誰からともなく次から次へと低音部を裏切って、心地よく、身に付いている高音部へと移っていきました。私もその一人でした。三番になりました。軍国少年たちは心を合わせて一つのメロディーで、「♪旅順港外恨ぞ深き、軍神広瀬と　其の名残れど」と、高らかに歌い上げました。

この後日談を話の接ぎ穂として書き添えます。音楽会が終わった後、先生は裏切り者の私たちを叱りませんでした。叱るどころか、一生消えることのない美しい唱歌を教えてくださいました。

それは『秋の夜半《よわ》』でした。「♪一、秋の夜半の　み空澄みて　月の光清く白く雁の群の近く来るよ　一つ二つ五つ七つ　二、家をはなれ　国を出でて　ひとり遠く学ぶわが身　親を思う思いしげし　雁の声に月の影に」

それから十年が過ぎて太平洋戦争が終わりました。その年の冬のある日、レコードでウェーバー作曲、歌劇『魔弾の射手』序曲を聴きました。序奏部は弦楽器が奏でる荘重な調べです。それに誘われてホルンの柔らかな潤いのあるメロディーが流れ始めたとき、思わず驚きの声をあげました。耳に響いたのは、あの大好きな先生が教えてくださった『秋の夜半』でした。

私がダークダックスの歌声を初めて聴いたのは、『ともしび』でした。昭和三十二年（一九五七）のことです。三十三歳の私は、そのコーラスの美しさと聴く人を惹きつけて包み込む表現の力に声を呑みました。それがきっかけで、ダークさんの数々のロシア民謡に触れることになりました。

小学校唱歌の集大成と言われるＬＰ六枚の『ダークダックスによる日本唱歌大百科（全百二十八曲）』が私のレコード整理棚に置かれたのは昭和四十七年（一九七二）のことです。今はこの隣にＣＤ版も並んでいます。

平成七年（一九九五）に日本音楽教育センター発行の、『美しき歌　こころの歌新・抒情歌ベスト選集』を求めました。それには十枚のＣＤに百九十八曲がありました。喜早さんの監修です。歌詞集には喜早さんの全曲解説がありました。その一つ一つが温かく柔らかい語り口でした。読み進むうちに、抒情歌を聴く喜びや歌う喜びが深まってきました。歌詞集を手にした夜、とうとう一気に読み通してしまいました。急に全曲がとても身近になりました。

また『鑑賞アルバム　私の好きなうた』の表紙にも魅せられました。秋の日が傾く頃、赤とんぼの群れが飛んでいます。思い浮かんだ歌は、三木露風作詞・山田耕筰作曲の『赤とんぼ』ではなく、ダークさんの歌う文部省唱歌「♪秋の空、金色の夕日に浮かぶ赤とんぼ……」でした。

『秋の夜半』を教えてくださったのは、当時、根室北斗尋常高等小学校の、今は亡き中村一二《かずじ》先生です。若き日の中村先生から指導を受けたあの低音部は、いまでも正しく歌うことができます。『日本唱歌大百科』の解説編と対《つい》になっている曲集編の『広瀬中佐』の譜面に、私は鉛筆で記譜して大切にしています。時折、CDでダークさんのコーラスに合わせてこの低音部を歌うのですが、ゾウさんとゲタさんのパートを行き来している感じがします。この低音部は中村先生ご自身の編曲なのか、その頃すでに合唱の譜面があったのか、楽しく軽い疑問を持ち続けながら先生を偲んでいます。

なお、喜早さんの『鑑賞アルバム　私の好きなうた』にある、「喜早流・抒情歌の縦割り・横割り分類法」にならって、私は、佐佐木信綱作詞・ウェーバー作曲『秋の夜半』を「抒情歌」のジャンルに入れております。

喜早哲様。

『ともしび』との出会いから数えて五十年後の今、「文章歩道」誌上でご一緒できますことをとても嬉しく思っています。

大正生まれ

毎週金曜日の朝八時半になると、家の前に白いワゴン車が停まる。私をデイサービスに迎える車だ。

デイサービスと言っても、高齢者を対象としての下肢トレーニングが専門である。足腰の筋力は加齢と共に急速に失われていく。それを避けるために程よい刺激を与え続け、正常な歩行に近づける。その結果、自立した日常を快適に過ごせるようになる。

砕いて言えば、高齢者の転倒を防ぎ、寝たきりの状態にならないようなプログラムの実行である。

九十一歳の私は、一歩一歩気をつけなければ、ごく僅かな段差や小さな凹凸でも転倒しやすい。もしも昼夜を通してベッドでの療養が続くようになれば、間違いなく認知症への道を辿ることになる。それを可能な限り避けたい。

ワゴン車の停止を知って玄関のドアを開けると、心地よく入ってくるのは、私への晴れやかな呼びかけとよく響く朝の挨拶である。いつもの平成生まれの女性職員の声だ。歌うようなイントネーションでの簡単な体調チェックに、大正生まれの私の応答の声も、自然にトーンが高くなる。

車が動き出すと、このところ続く好天への喜びや、ここ一週間の体調の良さなどが私の口から流れ出る。これは私が切り出すのではない。ハンドルさばきをしながら問いかける巧みな彼女の話の誘いに、無意識のうちに引き出されているのだ。

ここは札幌圏にある一都市の朝の通りである。歩道には通勤通学の人たちが足早に絶え間なく続く。それを追い越していく私も、車中なのに、朝日を背に出勤するすがすがしい感覚が蘇る。

ワゴン車は同乗者の家々へと走る。次々乗り込んでくる三人は、みな七十代か八十代――つまり、昭和生まれである。簡単な朝の挨拶の交換が車内を明るくする。

三時間の機能訓練を終わればテーブルを囲んでのコーヒーブレークとなる。わずか十五分ほどなのだが、私にとっては一週間に一度の貴重な時間となっている。昭和生まれで、人生経験が豊かな人たちの話に耳を傾けることができるからだ。

みなさんのひと言、ひと言に、これまでの七十年、八十年の歩みから得た知恵の凝縮が見える。私は共鳴を覚え、深くうなずく。折々、短い言葉が輝く。それはすぐに書き留めておきたい人生訓だ。


この地に転居して、まだ一年にも満たない私に、是非実現したい夢がある。

自分の脚で銀杏並木を一キロほど歩んで、市立図書館に通うことだ。一週間に一度か二度でよい。

独り身の私を遠隔地から呼び寄せた長男は、すぐに杖を購入した。父親の歩行に予想以上の老いを感じたからであろう。

その杖を持たないで、好きな銀杏並木の道を歩く自信をつけてくれたのは、デイサービスの若い三人の指導者である。みな平成生まれだ。

私専用に、細かに組み立てられたプログラムを継続してきたら、月を経るごとに足腰の力が増し、歩行が楽になった。嬉しいことに、三か月に一度の定期測定の折れ線グラフにも、いくつかの項目で上向きの線がはっきりと読み取れた。

ある日のこと、図書館通いの夢が膨らむ私の背中を、実現へと強く押してくれる瞬間が到来した。それは職員の一人の叫び声が原因である。

仲間五人がトレーニングを終え、いつものように職員の淹《い》れるコーヒーを楽しんだ。話の流れから、それぞれに生まれた元号を紹介することになった。職員三人も私たちを囲むようにして笑顔で聞き入った。

自己紹介は、まず七十代後半らしい女性から始まった。次に八十歳前後の男性三人へと進み、最後に私の番になった。

「私は大正生まれです」

突然、私の背後の女性職員が叫んだ。

「えっ？　タイショー？　そう言えば、大正って、歴史で習ったことがある！」

この言葉が終わるか終わらないうちに、昭和世代から明るく大きな笑いのコーラスが流れた。大正生まれの私も大声で笑った。平成の世に伸びやかに育った若者たちも笑った。

その夜、私は考えた。

明治は四十五年間続いた。昭和は六十四年だ。挟まれた大正はわずか十五年である。大正は短い。

明治は近代国家を建設した。昭和は日本を世界の中の日本にまで押し上げた。大正は影が薄い。

明治と昭和の狭間にある大正とは、年号を教科書に小さく留めるだけの存在でしかなかったのか。

私は自分が生まれた大正を見つめなおさなければならない。私はできる限り、大正時代を知りたくなった。

思えばひと頃――そう、昭和六十二年に、「大正ロマン」という言葉が広まった。

昭和の激流に疑問を感じ始めた人たちの懐古趣味からだった。

深夜になった。私の心に、大正の雰囲気や文化へのノスタルジアが強く湧いた。

やがて図書館での焦点が明確になった。テーマが見えた。躊躇《ためら》いなく、大きく「大正ロマンを求めて」としよう。大正は私の故郷だ。

これから長期間、広範囲にわたって資料を収集し、思うように整理をするには、ノート型パソコンが力を発揮する。少々の文具も必要だ。だが手持ちで歩ける年齢ではない。

長男は「インターネット通販」に展示されたバッグ類から手頃な品を選んで取り寄せてくれた。これを背負って近いうちに図書館へ向かう。

この家に来たときに用意してくれた杖は、出番がくる日まで、私を玄関で見送ることになる。

老年期を歩む

ひと昔ふた昔前のように、六十歳からを老年と呼ぶのは現在では当たらないようだ。

一番身近な例を挙げてみる。私の息子夫婦は六十代に入ったばかりだ。元気で、職場の休日には欠かさずスポーツジムで汗を流している。

今年も「２０１７北海道マラソン」に夫婦で出場して、気温二十六度の札幌――夏の快晴の我が道都を駆けた。「千歳マラソン」でも、共に輝く参加賞を手にしている。

ついでに全国的視野でその例を選んでみよう。俳優火野正平さんは、「あなたの『こころ』にある忘れられない風景」を訪ねて日本中を自転車で走っている。その正平さんは六十八歳だ。

そう考えると、これまでの老年は押し下げられて七十代から始まると言える。いまや人生百年時代だから、老年期はほぼ三十年間の呼称に落ち着く。

私は北海道東部の町に五十年以上も暮らしていた。

七十歳代には多くの知人友人に囲まれた温もりの中で、ゆっくりと老いていく日々を過ごした。

八十歳代に入ってからは、自然に進む老化を自覚することが多くなった。老衰によって生じる心の動きの鈍さや、意思どおりには働かなくなっていく体の現象も、気心の知れた多くの友と語り合い、最後はいつも笑いに変えて互いに慰め合っていた。

八十歳代半ばを過ぎたころ、町の教育委員会から「高齢者講座」の講話をときどき依頼された。

話の終わりに、私はよく次のように結んで壇を降りた。

「老年とは、頭を垂れて人生の残りを指折り数えながら佇んでいる歳月では、決してありません。孤独の暗闇でも諦めずに手探りで歩き続けていると、やがては必ず小さな光が見えてくるものです」

更に、こう付け加えることもあった。

――つまずいて転倒寸前の姿勢が、そのまま勢いの付いた好スタートに変わることもあります――


人生の歩みは不意にどのように変わるか分からないものだ。

まったく予想もしていなかった新しい事態が起きた。九十歳の誕生日を迎えて三か月後のことである。

それは、道庁所在地札幌市に隣接する恵庭市という都市への転居の話であった。理由は、妻を亡くして一年半、独り居を続ける私への、長男夫婦からの同居の強い勧めである。

この高齢で見知らぬ都市生活を始めることになる。

住み慣れた町の独居の日々以上に、孤独の闇に迷い込みはしないか。心の転倒を引き起こしはしないか。

だが息子夫婦にこれ以上の大きな心配をかけることは絶対に避けなければならない。残り短い余生だ。その期間を孤独に耐え抜くことを自分に繰り返し強く言い聞かせ、「これもまた人生」と、移転を決断した。


移転して二か月後のことである。

「新天地では、人との心からの交わりは決して生まれないだろう」という、かたくなな思いが大きく覆《くつがえ》った。

息子夫婦は私を「機能訓練専門デイサービス」施設へ案内した。私のグループは七十歳から八十歳半ばまでの男女十名ほどであった。それぞれの、まったく異なる人生の山坂を越えてきたことが、風貌や挙措や話し方で分かった。みんなが言葉数が少なく、話してもささやきが多かった。

指導者は明るい平成の世にすくすく成長した若人たちだった。管理者でありキャップを務めるIさんほかスタッフは八名で、私たちにとって誰もがまぶしいほどの若さであった。私と比べれば、六十年以上の年の差だ。

その平成の若人たちとの交流が始まった。週一回三時間だけなのに、一年、二年と続くうちに、この身の心も体も若さを持ち始めた。好転である。三年目には、指導を受ける私たちグループの誰もがスタッフと気軽に大声で話し合えるようになっていた。

いま私は薄暗がりから抜け出て明るい光の中にいる。転倒寸前の姿勢から好スタートに変わったのだ。

やがてIさんとの心の結びつきを更に深める機会が訪れた。

八月十四日から四泊五日の日程で、私はグアム旅行をすることになった。勿論独り旅ではない。九十代半ばに近づきつつあるこの身である。息子夫婦と孫娘二人に付き添われてのことだ。Iさんはメールで海外旅行を励ましてくれた。

海洋性熱帯気候のグアムに着くと、取り敢えずIさんに安着のメールを送った。すぐに返信が届いた。

常夏の島グアムは英語圏なので、「記念に一通だけでも」と、私は英文のメールを送信した。折り返しIさんからメールが届いた。

それは英文であった。私は現実にIさんと英語で語り合いながら固い握手を交わしている気持ちになった。

帰国後、最初のデイサービスの日である。

電動マッサージチェアの背もたれに身を沈めると、誰もが自然にスタッフ作成の掲示板が目に入る状態になっている。

そこにはグアムから私がIさん宛にインターネットで送った風景写真、全十六枚が貼られていた。スタッフ全員で丁寧にプリントアウトし、時間をかけて配置をいろいろと工夫したものだ。私は胸が熱くなった。

掲示板の右下には、私が送った英文メール原文と、その訳文の用紙があった。スタッフOさん直筆の、強く大きな「翻訳者署名」もあった。

大正、昭和、平成を超えた交流の温かさと喜びが、私の全身に溢れた。

涸渇を避ける

七十歳近くになった頃、随筆が書けなくなった。突然書けなくなった。スランプに陥ったのだ。一時的なものだと自分に言い聞かせたものの、続く不快な日々に、気が滅入ってきた。

どん底に落ち、身動きのとれなくなった私を引き上げてくれたのは、以前に衝動買いをし、書棚に並べておいただけの分厚い箱であった。

目に優しいクリームイエローの地色に、「向田邦子作品集」という黒い背文字があった。内容は二十五編ほどの作品を収録した十四枚の朗読ＣＤだ。読み手は名優岸田今日子さんである。

『思い出トランプ』から、「かわうそ・だらだら坂・はめ殺し窓・男眉など」、『男どき女どき』から「ビリケン・三角波・嘘つき卵など」、優れた声優の朗読に耳をそばだてた。ほとんどの作品を二度聞いて、味わいを深めた。「はめ殺し窓」は、四度も聞いた。

この頃には作者の呼吸と文体のリズムが私に伝わっていた。どの作品も、CDから聴覚を通じて私の全身に心地良く吸い込まれた。

朗読CDに耳を傾けて一か月が過ぎた頃には、書けないもどかしさも、いらだちも全く消えていた。

次に、我が内なる声の勧めるままに、朗読CD同様に書棚の装飾になっていた向田さんの著作本から一冊を手にした。

こうして『父の詫び状』から読み始め、『眠る盃』へ、次いで『夜中の薔薇』へと弾みがつき、憑《つ》かれたように次々ページをめくった。どの作品も、よどみなく読めた。速読の豊かな気持ちよさも実感した。

『霊長類ヒト科動物図鑑』で全七冊を読み終えたとき、やがて私も何かを書けそうな気になった。事実、また随筆を書き始めた。疑いも無くスランプから脱出したのだ。スランプ——その原因は我が心の「随想の泉の涸渇」であった。

私は随筆入門の頃、自分に課したことがある。

「良い随筆を生み出すには、優れた作品に絶えず触れることが大切だ。こうして随筆の泉を満たしておこう。望むときに、その泉に手を浸し、新鮮で深い思いを全身で受けながら書け」

この初心をすっかり忘失していたのだ。


九十歳を過ぎると、老衰からくる視力減退が顕著になった。それは文字を読むことにも現れた。

毎朝、新聞を手にする。拾うのは、はっきり見える大きな活字ばかりだ。見出しから見出しへと移り歩く。次々とめくる紙面の音を「朝の音」として楽しむ。最後にテレビ欄に虫眼鏡を当てる。それで「今日も新聞を読んだ」という気分になる。家族とも共通な話題を得た感じで、朝食の箸を取る。

このような、駆け足の、極めて底の浅い読みは、視覚老化の進捗が招く致し方のない現象だ。受け入れなければならない。

やがて心の片隅に懸念が芽生えた。読書量減少傾向が日々加速すれば、ついには随想の泉の涸渇へとつながる。この危惧の念が募り、二十年前のあのときの私、随筆が書けなくなったあの私の姿が徐々に浮かんできた。

ここで前車の轍を踏むことは避けたい。

スランプ脱出方法は体験済みである。――優れた作品を有名な声優の朗読で数多く聴く。少しずつ内に累積してくるものがある。それを貴重な水源とする。そこから溢れ出る清澄な流水をこの身の随想の泉に注ぎ続けることだ。

書棚には、すでに著名な声優による明治・大正・昭和の文豪の朗読ＣＤがある。ここ数年の間に買い揃えたものだ。

だが涸渇した泉の蘇生を目指すにしても、ふた昔前とは違う。我が身は老いの頂点にある。だから意欲に即応する若々しい力は無い。

良いと知ったことの実行にも、心と体の負担をできるだけ無くすことだ。同時に無限の楽しさと喜びの中で進めることも欠かしてはならない。

私は次の三つの条件を自身の三度の食事から思いついた。

良質　文豪の作品に接する。

少量　一作品から、ほぼ二百字枠の文章を選ぶ。

玩味　それらを回数多く聴き、回数多く朗読する。

毎月、上旬に多くのＣＤから文章を選ぶ。中旬から下旬にかけて、聴覚から文意に触れる。

同時に、老化防止の一策として、私の朗読を毎回ボイスレコーダーに録音する。

これは急速に衰えが進む声帯や不明瞭さを増す発音の矯正のためだ。

加えて、録音を再生して、声優――我が師との隔たりを知る。

(先を歩む師の背を見つめつつ己も歩む)

これも学びの道の姿である。


さて、新年、平成二十九年を迎えた。

一月には、「芥川龍之介『蜜柑』　朗読　寺田農」、二月には、「川端康成『伊豆の踊子』　朗読　市原悦子」を取り上げた。

三月の文章として私が選んだのは、太宰治の『走れメロス』だ。ＣＤ朗読は草刈正雄さんである。このおふた方が我が師となる。

月の終わりになったら、私は「草刈正雄師」の滑舌に、わずかでも近づいているだろうか。楽しみである。

走れメロス　　太宰治

メロスは激怒した。必ず、かの邪知暴虐《じゃちぼうぎゃく》の王を除かねばならぬと決意した。メロスには政治はわからぬ。メロスは村の牧人である。笛を吹き、羊と遊んで暮らして来た。けれども邪悪に対しては、人一倍に敏感であった。きょう未明メロスは村を出発し、野を越え山越え、十里はなれた此《こ》のシラクスの市にやって来た。メロスには父も、母も無い。女房も無い。十六の、内気な妹と二人暮らしだ。

私の記念日

札幌市に隣接するここ恵庭市に居を移してからこの六月で二年を数える。

花と樹木を愛でるこの町の家々に囲まれて、身も心も落ち着いた日々を送っている。息子夫婦が私のために居間の隣に新築してくれた書斎兼寝室での生活も快適である。

北海道東部の市や町での九十年の生活を断ち切って、まったく見知らぬこの地に引っ越したのは、正確に言えば一昨年の六月七日である。

その夏の終わりには新しい生活にも慣れた。

初秋になった。独り静思のひとときの中に身を置く夜が続いた。気がつけば、これからの我が身の在り方をあれこれと深く考えていた。先が見えないくらい、不安なことはない。老いの身にはなおさらだ。

秋が深まるにつれて、自分自身への問いかけが声となって響き始めた。

「残り少ない人生をどう生きるのか。何を目標とするのか」

これは誰にも相談できない問題だ。私自身が決めなければならない。

晩秋に三つの答えを得た。

一つには、我が身の余生を「一年」と限って考えよう。二つには、その一年の中に、一日だけを「私の記念日」とし、日常からまったく離れたことをして、心機を一転しよう。三つには、小さく光る心の雫を文字に変え、四季それぞれに「随筆一作」を生み出そう――これまで長く大切に続けてきたように。

残された人生を勝手次第に「一年」と限るとは、寿命を司る神様の領域を侵しはしないか。いや、そんなことはない。私としては、

「これからの一年も健康で過ごしたいものだ」

という程度の、ごくごく常識的な軽いつぶやきである。

「私の記念日」は引っ越して来た六月七日に決めた。新しい地での元《はじめ》の日だからである。

記念日は、三度の食事以外は日常の仕来りを消し去り、年齢を忘れ、前向きで意義のある仕事を決め、終始没頭し、生まれた結果を楽しむ日とする。その夜の眠りは、深く心地良いものになるだろう。このような姿を折々思い出しては「私の記念日」のイメージを定着させた。

時は流れて、いよいよ第一回の私の記念日が近づいた。老いを忘れ、楽しい成果を予想しながら熱中する機会である。

実は引っ越し以来、心のしこりとなっているものがあった。荷物のどこかに入れたはずの愛用の類語辞典二冊が行方不明だ。いずれも一七〇〇ページほどの大冊で、私が随筆を推敲するとき、何よりも必要としている書籍である。

引っ越しの荷ほどきから格納の際に、数人の方々のお手伝いをいただいた。どこかにはあるはずだ。

この一年は、仕方なく、電子辞書に頼った。冷たく固い蓋を開け、小さなキーボードをタップし、液晶パネルに写る「類語例解辞典」で、これぞと思う表現を求め続けた。付箋も栞も使用したが、それもすべて味気ない電子操作であった。

一日掛かりを覚悟で朝食後に辞典探しに取りかかった。「案ずるより産むは易し」で、昼近くの発見となった。

午後は、久しぶりに手にしたこの二冊――講談社　類語大辞典・三省堂　類語新辞典と広辞苑を机上に並べ、応募締め切りの近い随筆の推敲を始めた。

第二回の私の記念日は、怠惰な私を諌める日となった。

理由はやはり引っ越し後のことに起因する。私の心の片隅にあって絶えず気になっている物があった。

それは運び込んだ当日のままの荷物の存在だ。転居後から四季二巡という長い月日を経て、なお荷ほどきもしない我が身は、幼い頃に読んだ「日本昔話百選」の『ものぐさ太郎』同様と呼ばれても仕方がない。

現物の場所は、私の書斎兼寝室に付属するクローゼットの中だ。ドアをスライドすると、床にその正体が見える。整然と並んでいる引っ越し用段ボールの小箱六個だ。中は大部分が未整理の写真である。

今年はついに整理を終えた。翌朝は爽やかな目覚めとなった。

さて、来年の私の記念日には何をしようか。

「私の記念日」という名はきわめて単調だ。乾いた呼び名だ。短く、新鮮で、詩の感覚さえ滲ませた呼称を一年をかけて数多く作り続けることにした。

それを第三回「私の記念日」の六月七日に厳正な審査をし、一点を選んで決定する。

審査の重責を担うのも私である。

二つの問いかけ

買い物から帰宅して、机上の「短冊スケッチ片々」に、こう書き留めた。

（一月二日　水曜日　早朝まで雪　のち快晴　初売り）

――昼に近いショッピングセンターの、混雑を極める通路だ。買い物を済ませた私は、カートを押しながら出口へと向かっていた。

「いま、どこ？」

抑えても遠くまで飛ぶ、澄んだ若い声である。レストランのショーケースの品々を人差し指でなぞりながら、ケータイをしている女子高生だ。

「ああ、そうなの」

笑顔でうなずきながらも、指と視線は昼食の品定めに忙しい。

「で、いま、何してる？」

これから会話が弾むのだろう――。


「短冊スケッチ片々」とは、手製のメモ用紙の正式名称である。末尾の「片々」は、言葉の一片《ひとひら》一片を意味する。日常は、軽く「スケッチ」と呼ぶ。これで「太郎」や「花子」同様に、血の通う身内の愛称となる。

この短冊に、ときどき訪れる閃きや新しい着想をすぐに書き付ける。ここ三年、私が随筆を書く時、よく働き、よく助けてくれる最適の文具となっている。

短冊と言えば金箔か銀箔を施したものがよく目に付く。下絵や模様で目を惹く品もある。淡い光沢を放つ絹張り短冊もある。

一転して、我が愛用する自家製短冊は、陳列や鑑賞の対象には、間違ってもなり得ない。その辺りの毎日のチラシを裁断した、言わば使い古しの紙切れである。私の町でも、数多いチラシが夕刊に挟まれる。

三年前のある日のこと、ふと気が付いた。一軒のスーパーのチラシが、広告はいつも表だけなのだ。裏面には全く文字が無い。地色は淡い桜色であった。

何か惹かれるものがあって手にしていると、「この面のご利用をどうぞ！　お気に召すままに」と、声が聞こえた。それが日頃の悩みを解決する導きとなった。

その頃、私は金縛りにあったように随筆が書けなくなっていた。命の住処《すみか》のこの体は、もう九十年近くも働き続け、明らかに機能衰退の一途を辿っている。伴って、書こうとする欲求も消滅寸前――なのか？

いや、そうではない。心の僅かな起伏や波立ちも、飢えや渇きも、生きている限り絶えることはない。それらをこの掌に次々と受けて温め、文字にしたい。訪れる喜びや悲しみを書き記したい。まだ語り尽くしていない数々の想い出を述べたい。

スランプ脱出の方途が見えてきた。「我が心の一片を書き留めること」の継続だ。

閃きはすぐ消える。もう思い出せない。

発想は逃げて行く。もう捉えられない。

こうして随筆の貴重な卵が、ふ化しないまま姿を消す。

とにかく心のうちに一瞬見えたものは、時を移さず、それぞれを紙片——短冊一枚ずつに書く。一文字でも一語句でも良い。記号でも絵でも良い。短文は勿論のことだ。

その日から私は、短冊生産者となった。新聞紙一ページ大を半分に折ったチラシで、製作は簡単だ。もう一度折り、カッター裁断、四回ででき上がりとなる。

鼻歌交じりの、わずか三分の単純な手作業だ。それでも、人生行路の米寿峠を越えて、多忙という文字とは全く無縁となった身には、このささやかな企画・生産・完成の短い過程が毎日新鮮で楽しい。そこから生まれる喜びは小さなものだが、一日の暮らしの中の軽いアクセントの一つにもなっている。

淡い桜色——この地色が好きだ。純白のコピー用紙のきつい輝きとは違って、山桜の淡紅色は眼に優しく映る。心が和む。ボールペンの黒や赤や青にもよく馴染む。ペンの滑りも良い。

こうして、横九センチ・縦十九センチの短冊十二枚が生まれる。この枚数で、一日の需要と供給は、いまでもバランスがとれている。

ここに一枚の短冊に書き留めた二行がある。


「いま、どこ?」

「いま、何してる?」


今年の初売りの日に、私の耳に飛び込んできた、ひ孫ほどの女子高生の問いかけだ。

それが二月になると、私の実のひ孫の声に変わって、時折、心の片隅に響いていた。三月になった。私の誕生月である。思えばあの二つの問いかけは、また一つ重い齢を重ねる私への、身を案じる声なのだ。

誕生日が近づいた。私はひ孫に答えなければならない。

「ひいおじいちゃん、いま、どこ?」

「米寿峠をゆっくり越えたところだよ」

「ああ、そうなの。で、いま、何してる?」

「一休みをしながら、『心の片々』を書き綴っているよ。遠くに霞む卒寿峠をときどき眺めながらね」

三つの問いかけ

九十歳を人生の卒寿峠と名付けてみよう。その峠を越えて、一年半になる。

八十代までは、折に触れて前途を見つめ、凹凸の道を歩き続けている自分がいた。不思議なことに、いまは歩みが消えた。これから先、つまり人生の次の峠を眺望することも無くなった。

例えるなら、日当たりの良い、緑の草地の切り株に腰を掛け、足元の草花に手を添えて、いまを楽しんでいる私である。

「もう歩みは要らない」と、言い聞かせながら、時には自分自身へ単純な二つの問いかけをする。

「いま、どこ?」

「いま、何してる?」

こうして老いの身と心の居場所を確かめ、安らぎの源を探っている。

二年半前のことである。八十八歳の私は北海道東部の中標津町にいた。

一月二日、初売りの日は朝から快晴だった。

ショッピングセンターで買い物を終えた私は、カートを押しながら出口へと向かっていた。客で混雑する通路は話し声と近くのゲームセンターの競い合う電子音で耳を聾するばかりであった。

「いま、どこ?」

騒音の中に、遠くまで飛ぶ、澄んだ若い声が耳に入った。レストランのショーケースの品々を人差し指でなぞりながら、笑顔でケータイをしている女子高生だ。

「ああ、そうなの」

うなずきながらも、指先と視線は昼食の品定めに忙しい。

「で、いま、何してる?」

この二つの問いかけが、騒音の渦の中から、私の耳にきわめて明瞭に届いたのはなぜだろうか。

それは、妻から私への携帯電話の切り出しとまったく同じだったからだ。妻は最近病床に伏せりがちなので、混雑が予想される日の買い物は私の仕事となっていた。ショッピングセンターで売り場巡りをしている私へ、追加注文の電話がよくあった。

「いま、どこ?」

「果物売り場」

「いま、何してる?」

「頼まれたものは買い終えたよ」

妻はこの初売りの日から四日後の朝、急逝した。

その五十日前に、遠く離れた函館で私たち夫婦のひ孫が生まれた。女の子だった。

妻は初めてのひ孫を抱く日を繰り返し楽しみにしていた。

私は亡くなったばかりの曾祖母と、生まれたばかりのひ孫との強いつながりを見たい。二人の絆を実感したい。

それには、「いま、どこ?」「いま、何してる?」という妻のあの電話の二つの問いかけをひ孫に引き継ぐことだ。

例えば、こんな問答もあろうか。

「ひいおじいちゃん。いま、どこ?」

「米寿峠をゆっくり越えたところだよ」

「ああ、そうなの。で、いま、何してる?」

「遠くに霞む卒寿峠を眺めているよ」

その卒寿峠を越えた現在、私は札幌圏の一都市、恵庭市の息子夫婦と孫娘たちの家にいる。ひ孫も月に一度は親に連れられてやってくる。

心身の機能の下降をはっきりと自覚する独り身の不安な日々から、賑やかな家族の中での安定した毎日となった。

三つ目の問いかけが生まれたのは、この転居の旅の飛行機の中だった。

十勝平野の上空である。

眼下には広大な沃野の緑、銀翼の遙か上には無辺際の空の青、遠く天と地の接するあたりには雲の純白。

そんな美しい三色の彩りの宙に、機はしばらく停止しているかのようであった。

と、予兆もなく、問いかけが聞こえた。

「この老いの身の、いまの命の色は何か？」


転居から一年近く経って、五月のゴールデンウイークが迫った。

息子夫婦は私を長距離ドライブに誘った。私が昨年まで住んでいた中標津町の家への一泊旅行である。娘夫婦と孫娘が待っている家だ。私はこの上なく嬉しく、ありがたく、即座に賛成した。

ドライブは道東自動車道を選んだ。

復路である。日が傾いてきた。果てしない十勝平野を高速走行中に、私はこの上空で心に刻んだ三つ目の問いを繰り返していた。

「いまの命の色は何か？」

人生へのおぼろげなこの問いは、老いてゆく私の心を覚醒させる鈴の音となって、時折、静かに鳴り続けることだろう。

夕闇が濃くなった。遠くの黒い森の上に月が出た。もう満月に近い。

満ち足りた気持ちで恵庭市の家に帰った翌日、二歳半になったひ孫がやってきた。父親の支えで耳に白いスマートフォンを押しつけ、笑顔で何かを話している。留守を預かる母親との会話だろうか。

この秋には、私とひ孫の「二つの問いかけ」も実現しそうだ。――白いスマホ同士で。

第八章　夜空憧憬

身の錆と

妻の一周忌の法要が終わった。次の日、子や孫たちはそれぞれの家に帰って行った。

私はまた独り暮らしに戻った。居間や台所の生活の音も、私の動きが立てるものだけだ。二十四時間がこれまでより静かだ。九十歳で初めて知る寂《じゃく》の世界である。

我が身にも朝《あした》と夕べは声もなく正確に訪れては、去って行く。この流れに身を置き、まだ残る心の重さに耐えて、しばらくはこの身をじっと見つめているよりほかはない。

数日後のこと、心の片隅にごくごくかすかながら、「生きよ」と、力強い励ましが聞こえてきた。妻の声だ。

この声に少々の心の余裕が見え始めた。妻が亡くなった日からこれまで、私の本来の心の働きは止まっていた。「喪」という文字が刻まれた厚く固い殻に閉じ込められていた。

だが流れる時の力は強い。徐々に殻を溶かし、眠っていた思考は目覚めて、柔らかに働き始めるのを確かに感じた。それを機に、「高齢の心にも体にも、時を得て働く復元力がある」ことを自分自身に強く言い聞かせた。前向きの姿勢の私が見えてきた。

法要から十日ほど経った日の朝、長く忘れていた遊びを思い出した。薄暗かった心の部屋に、一閃、光が射した。まったく一年ぶりのことだ。

遊びとは——漢字一字を求めての散策である。歩むのは心の小径だから外出は不要だ。起きていて良し、横になっていて良し。家事をしながらも、また良し。拾った文字はメモ帳に鉛筆で大きく太く書き付ける。どんな場合であろうと、一字だけに限定する。

その漢字は折々の私が発見した心の雫の一滴なのだ。まず雫の中で微かに揺れ動く文字をじっと見つめる。その語義をありのままに述べるだけなら、それは直叙だ。味もそっけもない。筆順も画数も確かめない。説文解字は不要だ。それらの分野は辞書に任せる。

ここからが私の遊びとなる。

まずその言葉を核にして、上に形容詞、下に動詞と、粘着力の強いほかの言葉を時間をかけてゆっくり探し回る。

こうして生まれたいくつかの短文を取捨選択して小品にまで育てる。あくまでも遊びなのだから、巧妙も稚拙も評価を与えない。やがては一編の随筆という花を咲かせる大切な球根として、小箱に保存しておく。

ボールほどの小さな雪玉を転がしているうちに、大きな笑顔の雪だるまが生まれる楽しさに似ている。

以前から気がついていたことだが、心の小径から拾った漢字は、その時々の私の心理状態や体調を見事に表現していることがまれにある。今回もその一つだ。

喪が明けてからの最初の文字は、「錆」であった。錆は艶を消し光を奪う。なるほど、今の私には少々の輝きもない。私は頷いた。やがて想の空間が広がり始めた。

「錆」とくれば、昔はどの子も持っていた鉛筆削り用のナイフの錆だ。次に私の想は大人の雰囲気のジャックナイフに飛んで、ある歌に辿り着いた。それは人生の哀感をさりげなく表現した歌詞とメロディーだ。

都会を捨てて浜辺に立つ男がいる。ここは旅路の果てだ。男の手のひらには真っ赤に錆びたジャックナイフがある。見つけたのは砂山だ。掘り出した道具は、スコップでもない。シャベルでもない。男の指なのだ。


砂山の砂を／指で掘ってたら／まっかに錆びた／ジャックナイフが出て来たよ

そう、石原裕次郎の『錆びたナイフ』だ。

私はやや気取って、裕次郎風に鼻歌を歌っていた。自分を解き放つ気ままな歌声だ。それが出た。一年前の自分が戻ってきた。心にそよ風が吹き始めた。

次いで、記憶の底に、また一つ、錆の詩のかけらが見え隠れし始めた。「いたく錆しピストル」だ。昭和から大正、更に遡った明治の世に、啄木も錆を歌っていたはずだ。

この句を口ずさみながら、急ぎ足で居間から二階へ上がった。しばらくぶりの軽い足取りだ。本棚の前に立つと、文庫本『一握の砂』に触れた。

やはり啄木も「錆」を歌っていた。私は惹かれて、自然に朗誦となった。

いたく錆《さ》びしピストル出でぬ
砂山《すなやま》の
砂を指もて掘《ほ》りてありしに

「さて、頭の中の独り言ながら、錆にかこつけて、やたらにジャックナイフやピストルなどを手にしていると、銃刀法に触れそうだ」

こう思いつくと、軽い笑いが――これまで長く長く忘れていた日常の軽い笑いが――込み上げてきた。心も体も軽くなった。

妻の一周忌の法要を終えてから二か月が経つ。待っていた平常の私の日々が戻ってきた。鼻歌を歌い、少しは自由に柔らかに想を広げ、原典を探し求めて歩き回るまでになった。笑いも出た。

いま卒寿という峠での憩いのひととき、来《こ》し方を振り返る余裕までも生まれた。これまでの長かった坂道で、いつの間にか付いた身の錆も見える。その錆も、いまでは我が身の大切な一部となっている。

藤沢市にお住まいの知人、卯木堯子さんの俳句。

身の錆と鍵束重き春灯下　　堯女

夜空憧憬

私たちは乳児に続く幼年期から少年・青年・壮年・老年期まで、絶えず様々な大小の体験を重ねながら日々人生を歩む。

全身にしみ込んだ体験は、時の流れと共に濾過され、精選され、事あるごとに磨かれて生きる力や知恵となって働く。

これら異種の諸体験を一つのキーワードを通して見つめる。すると、一本のより糸となって繋がることがある。

その糸から、我が人生の過ぎ来《こ》し方が鮮明に浮かぶ。そこに、大きく移り変わる時代のうねりに揉まれながら生きてきた、手漕ぎ小舟の私が見えてくる。

ここで「夜空」というキーワードから、これまでの生涯を俯瞰してみよう。

私が小学校三年生の初秋の夜である。

五年生の兄が国語の授業で「『星の話』を習った」と言う。その覚えたばかりの北斗七星・北極星という星を教科書の挿絵で説明し、「この家の外でも見える」と私を誘った。

兄の説明どおりだった。隣の家の電柱の先と我が家の大木の細い枝先が触れ合っているあたりに、引っかかるように、ひしゃくの形をした七つ星を発見した。輝く北極星も捉えた。

家に入ると兄は教科書の挿絵を指さしながら、小熊座・大熊座のいわれを私に教え始めた。兄は自分自身の記憶にしっかり留めるかのように、繰り返し、繰り返し話してくれた。

私の頭の中に、美しい母親カリストとその子アルカス、ねたみの神ジュノー、恵み深い神ジュピターの話が刻み込まれた。私にとって生まれて初めての星座にまつわる神話であった。

翌年、私が四年生のことだった。新しい唱歌の、「空いっぱいの星は皆／涼しく金に瞬けり」という二行の中から、受持ちの先生は、「瞬く」の意味を詳しく説明してくださった。

それでも理解できなかった私は、帰宅してすぐに父に尋ねたら、「そのうちに」とだけ返事を受けた。「いつでも、どんなことでも、その場ですぐに教えてくれる父なのに」と、胸に小さなわだかまりを覚えた。

その年の初冬の深夜、父は私にいつもより厚く防寒具を纏わせ、近くの丘に連れていった。漆黒の大地に立った私は、父と手を繋いで、「空いっぱいの星」と、その「瞬き」をこの目で見た。


もう七十二年もの過去となってしまったというのに、記憶の深い底に、いまでも貼り付いている夜空が二つある。いずれも燃える夜空だ。

太平洋戦争が激化していた昭和二十年三月十日のことである。満二十歳の私は一兵士として、千葉県九十九里浜の北部に位置する飯岡兵舎にいた。深夜の非常呼集に、完全軍装で整列した私たちの目に、赤く染まっている西の空が映った。戦史の一行に濃く残る「東京大空襲」である。首都の方向の燃える夜空は三日間も続いた。

二十一歳の誕生日を迎えた私は、富士山麓の陸軍重砲兵学校で幹部候補生として日夜激しい訓練を受けていた。昭和二十年八月十五日、終戦、即時日本軍隊解体となった。

八月二十九日、学校の広場で、軍に関係するもの一切の焼却準備が進んだ。

膨大な機密書類や書籍、それに資材を加え、更に私たち候補生の軍籍を示す私物も積み上げられた。こうして八百人の将兵の膨大な投棄物は山をなした。

真昼に点火されたその山は長くくすぶり続けた。日没近くになってにわかに激しく青白い煙を噴き上げ、真夜中の炎上となった。誰もが暗黒の空を焦がす紅蓮の炎を目の当たりにした。

熱さに耐えかねて上半身裸形となった私たち候補生は、火かき棒を手にし、火勢の衰える明け方まで、立ち尽くしていた。

一睡もしなかった私たちのすぐ背後には、黙然として屹立する、黒い秀峰富士があった。

あの戦争で私たち兄弟四人が徴集された。戦いが終わって父母の待つ家に生きて帰ったのは、末弟の私ひとりであった。

長兄はシベリアの凍土の下に眠り、次兄は赤道直下のニューギニア島の湿地帯で、すぐ上の兄は同じ島の洞窟で戦死したことが二年後に国から伝えられた。


再建日本の流れに乗り、私は六十歳定年で教職を離れた。

退職後は、町外れの自然に恵まれた環境に家を建てた。過去数年来、私の心に構築されていたものだ。

そこはベランダからすぐに草原が広がった。その果てには北国の連なる山並みがあった。

晴れた夜には欠かさず空を見上げた。遮るものの全く無い視野いっぱいに、父と見た満天の星があった。兄が教えてくれた北斗七星や北極星が輝いていた。晩秋の夕暮れには、その北極星を挟んで、北斗七星と対するカシオペア座に語りかけた。

冬には南天のオリオン星座を指呼した。

しかしこの自然礼賛はわずか二年《ふたとせ》で消え失せてしまった。

三年目のある日のこと、突然数台のブルドーザーが緑の草原を半日ですべて黒土に変えた。翌年一月には私の居間の大きなガラス戸を塞ぐように、二階建てマンションが建設された。

自然の遠望が完全に閉ざされた。美しい星空も消えた。深夜に外に出て空を仰いでも、新設の大型商業施設の夜通しの防犯照明が星の輝きを薄めていた。

望んでいた喜びの住環境からの、突然の急激な移ろいだった。わずか一日か二日の快晴の翌日から続く、曇天の日々の心境となった。

だがその頃、時の流れは次世代の新しい輝きを見せてくれた。

その輝きとは、科学技術の急速な進歩によるコンピューターの極小化——パソコンの一般家庭への普及である。

毎夜、私は就寝前のひととき、パソコン画面に夜空を呼び出す。リアルタイムの天空が映る。書斎がプラネタリウムになる。

星座や星たちの紹介が始まる。美しく心地よいリズムの日本語で、四季折々の星空の解説が流れる。終わり近くには、宇宙の彼方まで見通せる壮大な銀河が姿を現す。時には見慣れた地上からの星空ではなく、地球から離れた宇宙空間からの星空や天体の眺めをも楽しむ。

小学三年生のとき、兄から初めて聞いたギリシャ神話に、いまでは、こと座、ヘルクレス座、エリダヌス座、アンドロメダ座、それにオリオン座の神話も増えた。


太平洋戦争が終わって七十二年が過ぎた。この長い歳月の流れは、戦争への私の怒りを平和への祈りに変えた。

故国を離れて、なお凍土と湿地帯と洞窟に眠る三人の兄たちがいる。末弟の私は、共にいつも語り合える憩いの場を夜空の星に託すことにした。

パソコンで毎夜仰ぐオリオン星座の三つ星である。

夜空への私の憧憬は、深まりを増していく。

富士山と水と棚田と

私は随筆を書き続けている。

書かせている根源にあるのは——戦後七十三年をかけて、今は私の心象風景にまで純化した秀峰富士と水と棚田である。

富士山との出会いは自分の意思によるものではない。その機会を与えたのは太平洋戦争である。

兵役という国民の義務で召集された私は、昭和十九年十二月一日に、千葉県九十九里浜の兵舎に要塞重砲兵として配置された。

同時に入隊した九十名ほどの私たち二十歳の初年兵に待っていたのは、日夜の厳しい訓練の連続であった。戦場を模した実戦まがいの一日では、数名が負傷した。

このようにして、生死にかかわるあらゆる事態を目前にしても、私心を捨て、無言で命令に服する兵隊に、作り替えられていった。例外は一人として無かった。

私も個性や意思や感情を心の奥に封じ込め、固く鎖をかけて施錠をした。どんな不条理な命令にも、一瞬の思考も介在させずに、無表情で「はい」の一語が反射的に飛び出し、行動する一兵士となった。

私たちは三か月を経て、上級将校による第一期の検閲を終え、派遣される戦場でいつでも命を捨てる集団となった。

検閲終了後には旧制中等学校卒業以上の学歴を持つ者は、幹部候補生の試験を受けなければならなかった。

甲種幹部候補生合格の通知を受けた私は、富士山麓にある陸軍重砲兵学校で、指揮官としての一年の訓練を受けることになった。

三月下旬のある日、それは偶然にも私の二十一歳の誕生日であった。

御殿場駅から富士岡の重砲兵学校へと向かう私の眼前に、生まれて初めての富士山――驚くほど間近で、視野いっぱいの富士山があった。

そこには青く広い大空を限って、神の手で壮大に勢いよく、優雅に書き下ろされた八の字の稜線が流れ下っていた。その山容の圧倒的な重量感に、私という一人の存在の小ささをはっきりと知らされた。

大自然の贈り物を突然直《じか》に受けた私は、九十九里浜の初年兵三か月の訓練で、自らの心を固く封じ込めた鎖と施錠が、あっけなく弾け飛んだ。

個性と意思と感情が戻った。本来の私自身に立ち返った。

その春から晩春、初夏、そして盛夏までの六か月間は視界いっぱいの秀峰にいつも抱かれている日夜であった。

澄明な山気に包まれている学校の庭には、富士山で濾過され、磨かれ、流れ下る水が、校舎のすべての蛇口から絶えず流れていた。心地良く耳朶《じだ》に響く流音と清冽な流れに心は満ち足りた。

私たち候補生は相模湾侵攻の敵艦を砲撃で迎え撃つ指揮官として、各種大砲の配置に適した地形を学ぶことを課せられた。

御殿場から列車で出発し、途中下車で地形観測演習を行った。近くは足柄上郡金時山の裾野から、遠くは神奈川県秦野の丹沢山地の麓まで出かけた。

その日は山野跋渉訓練の一日であった。小高い丘での昼食後の休憩で、隣にいた候補生が大声で言った。

「ああ、棚田がある。荒れているな。人手が無いのだな」彼は傾斜地で段差を持ついくつかの田んぼを指さし続けた。その懸念の強さから農家出身であることがわかった。

米作地の無い北海道東部で育った私には、「棚田」は初めての言葉であった。私の数々の問いに、棚田の四季を眼前に浮かべながら語る彼の口調には、しみじみとした深い懐かしさがにじんでいた。

快晴の真昼どき、棚田に注ぐ細い水の流れが、遠目にも絶え間なく陽光に煌めいていた。

富士山と別れる日がきた。

昭和二十年八月十五日戦争終結、即時日本軍解体、次いで八月三十日、北海道出身候補生の復員旅立ちとなった。

富士山は明るく見送ってくれた。

雲一つ無い青空が広がっていた。——私を迎えてくれた日と同じように。

そして日本一の富士山はいつもの秀麗な面持ちをはっきりと見せてくれた。——まるで戦争など、どこにも無かったかのように。

戦時という異常な環境に生きた二十一歳の私であった。その感性に投射された秀峰の姿と、棚田に注ぐ水の煌めきは、七十三年を経た今でも私の心に輝き続けている。

大正を偲ぶ

来年、平成三十一年（二〇一九）四月三十日は天皇陛下が「退位礼正殿の儀」で国民の代表にお会いになる最後の日である。憲政史上初めての天皇陛下の退位となる。

翌五月一日には「剣璽《けんじ》等承継の儀」で新天皇に剣や勾玉を引き継がれる。新天皇は「即位後朝見の儀」で、初めて国民の代表にお会いになる。

十月二十二日には「即位礼正殿の儀」で即位を公に宣言し、「祝賀御列《おんれつ》の儀」ではパレードで国民の祝福を受けられる。

その翌年には、秋篠宮さまの「立皇嗣《りっこうし》の礼」が予定されている。

内閣官房長官の新元号公表の日は来年二月以降とのことだ。

近づく新時代の足音に呼応するかのように、やがて日本を担う二十歳前後の若者たちが、次々と鮮烈にその姿を見せ始めた。

今年二月のピョンチャン冬季五輪では日本中がメダルラッシュに沸いた。羽生結弦さんを始めとして、どのアスリートも、これまでにない最高の演技を最強の精神力で貫き通し、弾けるような輝く笑顔を全世界に見せた。

この五輪の「動」の戦いとは真逆に、和室に正座姿の「静」の戦いがあった。その部屋には声援も拍手も全くなかった。自ら学び鍛えた思考を極限まで使い続ける中学三年生藤井総太さんの将棋棋士としての姿も、日本中の驚きと感動を呼んだ。

野球では、右投げ左打ちの二刀流を目指す大谷翔平さんが、少年時代からの大きな夢を実現し、慣れ親しんだ日本の球場から、アメリカメジャーリーグの大舞台に身を移した。

このように、近く到来する新時代の日本を更に躍進させる原動力となる頼もしい若者たちが次々と誕生し、活動の裾野を広げている。

昭和・平成に続く新しい日本の誕生を私は諸手を挙げて歓迎する。

しかしその喜びのどこかに、わずかな淋しさも漂う。それは私が生まれた大正時代がまた遠のいていくからだ。

明治は四十五年を数えた。昭和は六十四年も続いた。その間に挟まれた大正はわずか十五年である。明治は近代国家を建設した。昭和・平成は日本を世界の中の日本にまで押し上げた。

短く、影の薄い大正時代が遠ざかり、更に薄れ、やがて過去の海の大きなうねりに呑まれ、ついには消えてゆく。

「この経過をなすすべもなく見送るだけの私でよいのだろうか」

日々増幅してゆくこの呟きに、ただ頭を垂れているわけにはいかない。

高齢の身とは言え、求め続ければ、私にふさわしい「大正を偲ぶ」方法があるに違いない。

その予想どおりに、やがて解決の糸口が見えた。それはピョンチャン冬季五輪が迫る昨年十二月初旬のある夜のことであった。書棚の隅で手にしたのは『朗読　日本詩歌《しいか》全集』である。そのケースにはＣＤ六枚が入っていた。
その中から明治に生まれ、大正に生き、昭和に没した詩人・歌人を探してみた。そこには十二人の名前が浮かび出た。
私は誕生月の早い順に並べ替えた。
一月　島崎藤村　　二月　与謝野晶子　　三月　斎藤茂吉　　四月　高村光太郎
五月　北原白秋　　六月　萩原朔太郎　　七月　室生犀星　　八月　佐藤春夫
九月　宮沢賢治　　十月　三好達治　　十一月　金子みすゞ　十二月　中原中也
この月名は同一作家のＣＤを毎日心ゆくまで聴き続ける月間名である。
一月には元日から三十一日まで、島崎藤村の詩を聴く。『千曲川旅情の歌』に始まり、「望郷・枝うちかはす梅と梅・銀河・秋風の歌・初恋・おえふ・おきく・春は来ぬ」と続く。高橋悦史さんの朗読の流れる十五分間、目を閉じ、無辺際の詩の空間に、ゆったりと身を委ね、耳を澄ます。

全作品の朗読は声優としてよく知られている次の方々による。

山本學　水島弘　高橋悦史　日下武史　岸田今日子　渡辺美佐子　木村功　浜畑賢吉　浪瀬満子　西沢利明　小林綾子
早速「今は十二月」と、「中原中也作品」のCDをセットし、月半ばから大晦日まで毎日耳を傾けた。渡辺美佐子さんの朗読である。

これまでの私の朗読や黙読では決して得られなかった新鮮な喜びを毎回経験した。

例えば、「幾時代かがありまして　茶色い戦争ありました」で始まる作品『サーカス』の中の、いつも話題に上るあの擬態表現「ゆあーん　ゆよーん　ゆやゆよん」の響きが、日を重ねるごとに、これまで浸ったことのない心地よさを感じさせた。

この身は新時代にありながら、心は一世紀前後も遡り、大正を生きた詩人・歌人の作品に聴覚で接する。

言葉が輝く。音韻がさざ波となる。詩歌の流れに身が潤う。

今は平成三十年六月。

今年になって、一月は島崎藤村、二月は与謝野晶子と、続いて斎藤茂吉・高村光太郎・北原白秋、そして六月は萩原朔太郎と、ＣＤを聴いた。

これからの半年に続いて、更に鑑賞を継続するなら、やがて、書斎のテレビ桟敷からひ孫たちと声援を送る予定の東京オリンピックの年には、この手で「大正文芸小史」を書けそうである。

老いの日々は
心の深奥に分け入り
沸々と湧き来る詩想を
この手のひらに掬う

あとがき

この「あとがき」での敬称は、いちばん身近な「さん」にさせていただきます。

書名『しずり雪』のこと
木の枝などからすべり落ちてくる雪。
木の葉などにつもりたる雪の　さらさらとをつるをいふ　といへり（古文）
私は卒寿まで北海道東部の中標津町に住んでいた。我が家の庭の、快晴の下での柔らかなしずり雪は、冬から春への歩みの音であった。

表紙写真『春光』のこと
しずり雪が絶える。日々、春光が増す。

ある快晴の朝、新雪の庭に影を落とす桜の枝に、私はカメラを向け、詩を添えた。それから春夏秋冬、「文章歩道」の巻頭に、『心の小径』と題して、私の写真と詩が二〇〇七年春号から二〇一二年冬号まで掲載された。
後藤田鶴さん
『第二随筆集　しずり雪』発刊を勧めて下さった我が師　後藤さんから、これまでの長い間に学び得たこと――四つ。
①絶えず感受性を研ぎ、磨く。
②事実から、象徴の匂いを敏感に捉える。
③見慣れたものの中に、全く別のものを発見する。
④思考の息切れや浅い思考を隠すために、安易な表現に逃れることを絶つ。
伊藤典子さん
『第二随筆集　しずり雪』編集は、長野県の高遠書房編集室の伊藤さんと、北海道札幌市に隣接する恵庭市の、小さな書斎の私とで、すべてインターネットの機能を活用して進められた。細部にわたる温かいご配慮をいただきながら、いつの間にか数々のお手数をかけていることが多かった。
いま随筆から小説へと表現の空間を広げていらっしゃる伊藤さんに心からお礼を申し上げる。

高遠書房「文章歩道」編集人の皆さん
「文章歩道」毎号の「〇〇号を読んで」のページに、私たち応募者はそれぞれの思いを持って接する。自分の名前を見いだす。わずか二行から十行前後に凝縮されたお言葉が私たちの心に入ると、にわかに大きく嬉しくふくらむ。次の作品応募への強い意欲が湧く。
私たち一人一人の作品を丁寧に読んで下さることに、深い感謝の念を抱く。

梅澤槌万さん
私の随筆が載る「文章歩道」を梅澤さんの表紙絵がいつも包んでいる。
十余年の集積、『表紙絵画集』をめくってみる。「表紙絵」と「表紙絵のことば」が、次々と現れ、高齢の私を先へ先へと招く。美しい散歩道のように。

卯木堯子さん
私の随筆には卯木さんの発刊句集や同人誌の作品から想を得たものも多い。いつもの引用ご快諾に、深い謝意をお伝えしたい。
著作に『俳句えほん　ロザリヨの刻』・『句集　カンタービレ』がある。所属結社は「春燈」（『俳壇年鑑　２０１８年版』より）。

結びのことば

『随筆集　あかがり踏むな』に続いて、多くの皆さんの励ましとお力による『第二随筆集　しずり雪』誕生の喜び
――それは、老いて、なお灯る、春待つ心にも似て――。

待春や振っては覗く万華鏡　　堯子

著者略歴

しらのあらた（白野　新）
1924 年　3 月　岩手県下閉伊郡山田町生まれ
1942 年 12 月　北海道庁立根室商業学校卒業
1943 年　1 月　根室町北斗國民学校訓導
1984 年　3 月　根室市立北斗小学校で退職
1984 年　4 月　標津郡中標津町に転居
老人大学文章講座講師・自分史講座講師
中標津町史編纂業務嘱託
太平洋戦記『九十九里浜の語部』編集
1994 年　6 月　高遠書房会員

出版本　『随筆集　あかがり踏むな』（2001 年高遠書房刊）
北海道恵庭市在住

第二随筆集　しずり雪

2018 年 9 月 1 日　第 1 刷
著　者　しらのあらた
編集者　後藤田鶴
装　丁　ブルームデザイン　長沼宏
発行所　高遠書房
〒 399-3104 長野県下伊那郡高森町上市田 630
TEL0265-35-1128　FAX0265-35-1127
印　刷　龍共印刷株式会社
製　本　株式会社渋谷文泉閣
定　価　本体 1,600 円＋税

ISBN978-4-925026-49-9 C0095
日本音楽著作権協会（出）許諾第 1807500-801 号